U0122252

获而一无所获

〔美〕欧内斯特·海明威 著

曹明伦 译

创于1897 商务印书馆
The Commercial Press

Ernest Hemingway

To Have and Have Not

据 MacMillan Publishing Company 1987 年版译出

汉译世界文学名著丛书
出版说明

    1902年，我馆筹组编译所之初，即广邀名家，如梁启超、林纾等，翻译出版外国文学名著，风靡一时；其后策划多种文学翻译系列丛书，如"说部丛书""林译小说丛书""世界文学名著""英汉对照名家小说选"等，接踵刊行，影响甚巨。从此，文学翻译成为我馆不可或缺的出版方向，百余年来，未尝间断。2021年，正值"汉译世界学术名著丛书"出版40周年之际，我馆规划出版"汉译世界文学名著丛书"，赓续传统，立足当下，面向未来，为读者系统提供世界文学佳作。

    本丛书的出版主旨，大凡有三：一是不论作品所出的民族、区域、国家、语言，不论体裁所属之诗歌、小说、戏剧、散文、传记，只要是历史上确有定评的经典，皆在本丛书收录之列，力求名作无遗，诸体皆备；二是不论译者的背景、资历、出身、年龄，只要其翻译质量合乎我馆要求，皆在本丛书收录之列，力求译笔精当，抉发文心；三是不论需要何种付出，我馆必以一贯之定力与努力，长期经营，积以时日，力求成就一套完整呈现世界文学经典全貌的汉译精品丛书。我们衷心期待各界朋友推荐佳作，携稿来归，批评指教，共襄盛举。

商务印书馆编辑部

2021年8月

人生皆虚无　虚无乃人生

——海明威《获而一无所获》中译本序

　　海明威的《获而一无所获》（*To Have and Have Not*）于一九三七年十月问世。这部小说是作者继《春天的激流》（1926）、《太阳照样升起》（1926）和《永别了，武器》（1929）之后出版的第四部长篇小说，是海明威在二十世纪三十年代出版的唯一长篇小说，也是他第一次把普通劳动者作为作品主人公的长篇小说。

　　二十世纪三十年代，笼罩整个西方社会的经济大萧条和法西斯主义的阴影使许多美国作家加入了向社会制度挑战的左翼行列，但海明威却依然悠哉游哉地到欧洲旅行，去非洲狩猎，在基韦斯特岛隐居，甚至花三千三百美元买了条船在墨西哥湾钓鱼，游泳，晒太阳。当然，他在这一时期也未曾间断过自己的写作。他的所作所为引起了美国左翼作家和评论家的极大不满，他们有的对他横加指摘，恶意攻击；有的对他苦口婆心，循循善诱。他们一致认为："像海明威这样一个有名声有地位的作家，在美国经济大萧条时期，不加入他们的阵营致力于解放世界的伟大事业，却醉心于斗牛、猎狮、钓马林鱼，不但令人感到震惊，而且理应受到谴责。"① 海明威对此非常直率地表明了自己的立场。他说，作为一名作家，"想从政治上找出路，那简直是自欺欺人"②，"我对公牛比对混账的经济学更知道得多"③。尽管海明威固执己见，认为作家的天职就是真实地写出自己所熟悉的描写对象，而不是去尽什么社会义务，但那些左翼作家的观点和看法似乎仍然对他产生了一定的影响。于是，他第一次将笔触伸向底层人民的现实生活，试图以他的方式对现实人生作出解释。

早在一九三三年，海明威就开始以基韦斯特岛和佛罗里达海峡为背景，以一个经常租船给他钓鱼的跑海人为原型，着手写哈里·摩根的系列短篇小说。第一个以哈里·摩根为主人公的短篇于次年初写成，篇名为《横越海峡》（*One Trip Across*）。第二个以哈里·摩根为主人公的短篇完成于一九三五年底，这一时期正是左翼作家对海明威施加影响最盛的一个时期，因此他们的观点和看法在这篇名为《生意人归来》（*The Tradesman's Return*）的小说中也有明显的体现。到一九三六年海明威动手写第三个摩根故事时，他自一九二九年出版《永别了，武器》之后便再也没出版过长篇小说这一事实已招来一些同行和评论家的非议。为了回应这种非议，海明威决定将三个摩根故事串起来写成一部长篇，小说以哈里·摩根的潦倒、奋争、破产、铤而走险为主线，插入了一些次要情节（诸如对某些为富不仁者的鞭挞，对某些政治人物和

　　① 卡洛斯·贝克：《迷惘者的一生》，长沙：湖南人民出版社，1987年，第491页。

　　② 同上。

　　③ 库尔特·辛格：《海明威传》，杭州：浙江文艺出版社，1983年，第134页。

左翼作家的嘲讽），再加上他朋友理查德·阿姆斯特朗（当时任哈瓦那国际新闻局负责人）为他搜集的古巴政治情况和他自己对古巴革命的见解。这样，《获而一无所获》这部长篇终于在一九三七年十月中旬出版。

《获而一无所获》一出版就受到读者欢迎，在出版后的半个月内就售出两万五千册，成为当年美国销售量最大的第四本书。小说给我们讲述了基韦斯特岛上的闯海渔民哈里·摩根为了使自己和家人免于受穷挨饿，想方设法去挣钱，甚至不惜铤而走险，最后一无所获，命丧大海的故事。他靠租船给有钱人钓鱼谋生，但一位有钱人弄丢了他的渔具又赖掉租金，加之日益蔓延的经济大萧条断了他的生路，于是他被迫铤而走险，开始了非法走私活动。他承诺从古巴偷运中国人到美国，在海上夺了钱，杀了人贩子，并把偷渡的十二名中国人弃于古巴海岸（第一部）。在一次偷运私酒的过程中，他与古巴巡逻艇进行了一场枪战，结果丢了一条胳膊，船也被美国海关没收（第二部）。绝望中的哈里孤注一掷，答应偷运四名抢劫银行为革命筹款的古巴人，并企图在海上抢劫这笔巨款，结果鱼死网破，他杀了那四个古巴革命者，但自己也身负重伤，临死前他喃喃说出："一个人单枪匹马……不行了。"说出这段话费了他很长时间，明白这段话花了他整整一生（这三部）。

《获而一无所获》的故事情节比较紧凑，但其主题思想并不体现在情节发展的逻辑之中，而是隐藏在小说描写的生活画面之下，非常隐晦，不易察觉，因而评论界对这本小说一直众说纷纭，褒贬不一。一些人认为"书中含蓄的对话和激动人心的描述值得赞扬"①，认为"海明威终于像舍伍德·安得森一样，从起初的超然物外转向小心翼翼地写人的团结"②，认为这一转向"表明了作者的思想发展，表明海明威已逐渐从个人的迷惘之中摆脱出来，开始认识到社会生活的真正价值……迈出了抗议社会的新步伐"③。另一些人则认为"该书逻辑混乱……在写作技巧上有多处明显的缺陷……描述的范围太狭窄"④，认为该书"大部分读起来都有点南腔北调"⑤。其实，这些各执一词、褒贬不一的评价在今天看来似乎都未能真正切中要害，更谈不上揭示作者精心掩藏在语言后面的作品真谛。

《获而一无所获》这部小说与海明威的其他作品一样，也是一座冰山，我们所看见的只是浮在水面上的八分之一，即海明威不用多余的形容词而绘声绘色地给我们描述的街头枪战、海上钓鱼、酗酒斗殴、男女调情以及一次又一次的死亡。的确，这些毫无矫饰、与生活一模一样的描述已足以给读者带来满足，给读者留下记忆，但这毕竟只是冰山的八分之一，那隐藏在水下的八分之七还有待于我们去探索，去发现。然而，如果我们仅仅因为读到了"我不知道法律是谁定的，但我知道绝没有你必须挨饿的法律"，"医生不能因怕弄痛病人就停止手术，但为什么对生

---

① 《迷惘者的一生》，第 572 页。

② Marcus Cunliffe, *The Literature of the United States*, Baltimore: Penguin Books Ltd., 1967, p. 287.

③ 毛信德：《美国小说史纲》，北京：北京出版社，1988 年，第 424 页。

④ 《迷惘者的一生》，第 572 页。

⑤ 《海明威传》，第 135 页。

活做手术就偏偏不能用麻醉剂呢",或是"一个人单枪匹马……不行了"这样一些警世之言,就以为我们已经窥视到了这座冰山的水下部分,从而认为小说的主题就是抗议社会、针砭时弊或是宣扬人的团结,那我们就有失偏颇了。当然,如果我们仅仅根据主人公的遭遇就认为小说是在揭示生活在社会底层的小人物的悲惨命运,或是根据故事的时间背景就认为小说是在揭露资本主义的社会危机,那我们就未免略显肤浅了。对海明威施加影响的那些左翼人士后来对这部小说并不满意之事实就足以说明这一点。那么,这座冰山的水下部分到底是啥模样呢?换言之,这部作品的主题思想到底是什么呢?要回答这一问题,我们得来一番较为细致而深入的探究。首先,我们可以从书名入手。

海明威对其作品的命名十分讲究,他长篇小说的书名大多都有出处,都蕴涵着非常深刻的寓意。例如,他的成名作《太阳照样升起》之书名就引自《圣经·旧约·传道书》第一章第五节。而且他还把该章第四到第七节作为了小说卷首的第二则题记,即"一代过去,一代又来,地却永远长存。太阳升起,太阳落下,急归所出之处。风往南吹,再向北刮,不停地转向,然后循其道转回。百川入海,海却不满。江河来自何处,仍回归何处。"这则题记"表现了与战后情绪相一致的虚无主义"[1],从而有助于揭示作品的主题。海明威另一部名作《丧钟为谁而鸣》的书名引自约

---

[1]　James D, Hart, *The Oxford Companion to American*, New York: Oxford University Press, 1965, p, 820.

翰·多恩的《突变引起的诚念》①一文第十七节，他还将该节的一段话作为题记印在了小说扉页上，这就是我们所熟知的"……任何人的死亡都会使我蒙受损失，因为我包孕于人类之中，所以千万别去打听丧钟为谁而鸣，它为你而鸣"。约翰·多恩这段话的含义是"人是带着原罪出生的，人生之所以是受难的过程就因为它是一个忏悔除罪的过程。受难越充分，除罪也就越彻底，也就离天堂或得救越近。而钟声不断在提醒人们这个道理"②。知道了这段话的含义，又知道"海明威的《丧钟为谁而鸣》不仅题目而且思想都来自约翰·多恩"③，那我们也就不难读懂那部名作了。另外，《永别了，武器》这个书名直接套用了十六世纪英国诗人乔治·皮尔一首诗的诗名，而该诗写一个告老还乡、解甲归田的骑士对人生的咏叹；《过河入林》这个书名则化用自美国内战时期南军著名将领托马斯·杰克逊将军临终前说的一句话"让我们过河去林荫下休憩"，而这句话表达了一种坦然接受死亡、视死亡为灵魂安息的达观精神。

经验告诉我们，若能知晓海明威作品书名之出处，对我们读懂他的作品大有助益。那我们是否也能找到《获而一无所获》这个书名的出处呢？有幸而且有趣的是，当我们在《传道书》中找到《太阳照样升起》扉叶上第二则题记并倒着往上读的时候，《获

---

① 约翰，多恩（John Donne，1572—1631），英国教士、著名诗人，《突变引起的诚念》（Devotions upon Emergent Occasions）是他在 1623 年末一场大病中对人与上帝以及生与死的反省，是他痛苦灵魂的自我表白。

② 杨周翰：《十七世纪英国文学》，北京：北京大学出版社，1985 年，第 110 页。

③ 同上。

而一无所获》(*To Have and Have Not*)这个书名的出处就昭然若揭了。《传道书》的开篇三节曰:"耶路撒冷的王,大卫的儿子,传道者的言语。/ 虚无的虚无,传道者说,虚无的虚无,一切皆虚无。/ 阳光下劳作一生的人获得什么利呢?"(The words of the preacher, the son of David, king in Jerusalem. / Vanity of vanities, saith the preacher, vanity of vanities; all is vanity. / What profit hath a man of all his labour which he taketh under the sun?)实际上,《获而一无所获》这个书名之产生与《太阳照样升起》一脉相承,只不过后者是直接引用传道者的话,而前者则是在回答传道者的提问。传道者问:"阳光下劳作一生的人获得什么利呢?"海明威答:"获而一无所获。"由此我们可以看出,海明威对人类命运的思索又大大朝前进了一步。如果说《太阳照样升起》写了战争给一代人造成的悲剧,那《获而一无所获》则试图描述整个人类永远无法摆脱的悲剧——人生皆虚无,虚无乃人生。

且看海明威是怎样在《获而一无所获》中演绎这幕悲剧,展示这种虚无的。那个租哈里·摩根的船出海钓鱼的有钱人虽然眼睁睁地看着马林鱼上钩,结果却一无所获,反被鱼拖走了钓具;哈里早出晚归在海上漂了三个星期,结果也一无所获,倒赔进一套钓具;蛇头孙先生偷渡中国人牟取暴利,结果一无所获,反倒丢了性命;哈里贩私酒挨枪子,结果一无所获,反倒丢了一条胳膊和船;古巴人抢银行又杀人灭口,结果一无所获,血染碧海;律师蜜蜂嘴替古巴人牵线吃回扣,结果一无所获,死于非命;哈里铤而走险,企图夺下古巴人抢来的钱,结果一无所获,终于一命归西。除了小说主线索中描写的这些人物,那些穿插于小说中的过场角色也都一个个美梦落空，一无所获。那个每月有二百美元信托基金收入却养不活自己的哈佛大学文学硕士卡彭特最终自杀身亡。那个耍小聪明偷税漏税的谷物经纪人忧心忡忡，借酒浇愁，最后也一命呜呼。总之，小说中那些富人、穷人、先富后穷的人、先穷后富的人都免不了跳楼、卧轨，或是以美国最传统的方式，用设计精巧、携带方便、效果可靠的柯尔特自动手枪或史密斯韦森左轮手枪来结束那个已经变成梦魔的美国梦。真是人生无人不欲获，争到头来皆虚无。除了结果的虚无，人生的过程也充满虚无。哈里·摩根每次返航看见陆地时，心里便会有一种莫可名状的空虚感；他妻子玛丽也感到了这种空虚，"就像这座空荡荡的房子一样空虚"；那些被弧光灯拖长了身影，在街头偏偏倒倒的酒鬼当然空虚；那些在酒吧间骂政府要害死他们、一天要打三场架的兵痞当然也空虚；就是那位质问"为什么对生活做手术就偏偏不能用麻醉剂"的麦克沃尔斯教授最终也不得不用"生活的麻醉剂"来掩饰自己的空虚。

探索到这里，我们似乎已窥视到了《获而一无所获》这座冰山的水下部分。倘若我们没有看错，那海明威伸向现实社会生活的那支笔确是一支妙笔，他的确是在以他的方式解释现实人生。——"阳光下劳作一生的人获得什么利呢？"——"获而一无所获。"遗憾的是，海明威没有像他为《太阳照样升起》一书所做的那样，将《传道书》中的这个问句印在扉页上作为题记，结果使欲看《获而一无所获》这座冰山水下部分的读者往往不知将潜望镜对准哪个角度。难怪有人认为："《太阳照样升起》和《永别了，武器》中的那种虚无主义似乎令人信服地表现了战争年代和战后的普遍情绪。二十年代那种敢闯敢拼的精神值得我们同情，而《获而一无所获》中哈里·摩根那种三十年代纯粹的虚无麻木就引不起我们的同感了。"① 其实，持这种认识的人似乎并未看到这座冰山的水下部分。

既然人生皆虚无，虚无乃人生，既然人生注定是一场悲剧，到头来谁都一无所获，那么人生还有什么意义呢？海明威在包括《获而一无所获》的大量作品中回答了这个问题。他认为，人生的意义就在于一种精神，即那种敢于单身鏖战、敢于承受痛苦、敢于蔑视死亡的硬汉精神。海明威三度投身战争，酷爱狩猎钓鱼，也正是要去探索这种意义，体现这种精神。虚无的人生没有结果，但人生的虚无仍是个过程，只要在这一过程中有一股即使被毁灭也不能被打垮的硬汉精神，这一过程便可得以辉煌，哪怕这辉煌的最后一瞬是将双筒猎枪的枪管伸进自己的嘴里。海明威自己是这样一条硬汉，《获而一无所获》中的哈里·摩根也是这样一条硬汉。

《获而一无所获》的语言一如海明威所孜孜追求的那么干净，那么清爽。正像《泰晤士报文学副刊》的一篇评论所说："海明威写对话的天才，用冰山原则叙述的天才，以及他描绘流氓恶棍的天才，从来没有表现得如此淋漓尽致。"②

海明威曾抱怨他的短篇小说《大双心河》发表了二十五年后尚无人读懂，那在《获而一无所获》这部长篇出版了整整八十五

---

① *The Literature of the United States*, p. 285.

② 转引自麦克米兰出版公司 1987 年版 *To Have and Have Not* 封底。

年之后的今天，我们是否敢说已经读懂了这部作品呢？不过译者相信，随着《获而一无所获》中译本的问世，中国学者和读者对这部众说纷纭的名作将会有更多的感悟。

曹明伦

1992 年初稿于成都华西坝

2022 年修改于成都公行道

目　　录

声　明

鉴于近来有人倾向于将小说中的角色视为现实生活中的人物，作者似乎有必要声明：本书中并无任何真实人物，书中人物及其姓名均属虚构。倘若书中人名与真人姓名相同，纯属巧合。

欧内斯特·海明威

第一部

哈里·摩根（春）

第一章

你知道吗，在哈瓦那的早晨，在为酒吧送冰的马车经过之前，那些房子墙根儿下仍有不少酒鬼在酣睡？好吧，当我们从码头穿过广场，去圣弗朗西斯科珍珠酒吧喝咖啡的时候，只有一个乞丐醒来，正贴着广场上的喷泉喝水。不过当我们走进酒吧坐下来时，酒吧里已有三个人在等着我们。

我们一坐下，其中一人便靠了过来。

"那么。"他开口道。

"这事我干不了，"我告诉他说，"我很乐意干。但昨晚我已跟你说过了，我干不了。"

"你可以自己开个价。"

"不是钱的问题。这事我干不了。仅此而已。"

这时另外两人已经过来。他们站在那儿，看上去满脸阴沉。他们长得很帅，的确很帅，我本来倒真想帮了他们这个忙。

"一个人头一千。"那个讲一口流利英语的人说。

"就别难为我了，"我告诉他，"跟你实说吧，我真干不了这事。"

"往后呀，等事情有了变化，这对你来说可就是笔不错的买卖。"

"这我知道。我也想帮你们。但我帮不成。"

"为啥帮不成呢？"

"我靠那条船过日子。要是把船给弄丢了，我也就没法活了。"

"你可以用这笔钱另买条船嘛。"

"在监狱里可买不了。"

他们肯定以为我只是要讨价还价，因为那人还说个没完。

"你会得到三千美元。事成后这对你来说可是笔大钱。你要知道，做这事也花不了多少时间。"

"听我说，我不在乎这儿的总统是谁，但我不会把任何会讲话的东西运去美国。"

"你的意思是我们会多嘴？"他们中还没开过口的那位问。他生气了。

"我是说任何会讲话的东西。"

"你认为我们是 lenguas largas①？"

"不。"

"你知道 lenguas largas 是什么吗？"

"知道。就是长舌头呗。"

"你知道我们怎样处置长舌头吗？"

"别对我发狠，"我说，"你们跟我提过这事，可我啥也没答应过呀。"

"住嘴，潘乔。"先前说话的那人对生气的那个家伙说。

"可他说我们会多嘴。"潘乔说。

"好啦，"我说，"我告诉你们，我没运过任何会说话的东西。酒袋不会说话。酒瓶不会说话。还有另一些东西也不会说话。可

———————————

① lenguas largas：西班牙语，意为"长舌头"。

人会说话。"

"中国佬也会说话？"潘乔狠毒地问。

"当然会，只是我听不懂罢了。"我告诉他。

"这么说你不干这活？"

"就像我昨晚说的，我干不了。"

"你就不想再谈谈？"潘乔追问。

这家伙实在不明白我干吗要拒绝，这让他大为光火。我想谈下去也同样会令人失望，干脆就不再理他。

"你不会是个长舌头吧？"他问话的口气依然很恶毒。

"我想我不是。"

"那是什么？威胁？"

"听我说，别一大早就这么对我发狠。我相信你对谁都狠。可我到现在都还没喝上咖啡呢。"

"这么说你相信我杀过人？"

"不。而且我也不在乎。做生意你就不能不发火吗？"

"我这会儿就火了，"他说，"我想杀了你。"

"呃，见鬼去吧！"我对他说，"话可别说得太满。"

"别犯浑了，潘乔，"先前说话的那人止住潘乔，然后对我说，"我很抱歉。我希望你能送我们过去。"

"我也很抱歉。但我不能。"

那三人开始向门口走去。我看着他们离开。他们都是帅小伙子，穿着漂亮的衣服，没戴帽子，而且看上去很有钱，至少满口都是钱，而且他们说一口古巴有钱人说的那种英语。

他们中有两人看上去像是兄弟，另一个叫潘乔。潘乔的个头稍稍高点儿，但看上去同样是那种有模有样的小伙子。你知道，身材细长、服饰体面，头发油亮。我没想到他说话那么狠。我想他很紧张。

他们出门右拐的时候，我看到一辆小汽车穿过广场朝他们冲来。随之就是一大块玻璃掉下，子弹击中右侧墙上陈列柜中的一排酒瓶。我听到了一阵枪声，砰，砰，砰，墙上一排排酒瓶应声而碎。

我跳到左边的吧台后面，从那儿我能越过吧台台面朝外张望，汽车已经停了，有两个人蹲在车旁。一个人端着汤普森冲锋枪，另一个手持锯掉枪管的自动猎枪。端冲锋枪的是个黑人。另一个家伙穿着件司机穿的白外套。

那三个小伙子中的一个脸朝下趴在人行道上，就在被击碎的那扇大窗户外边。另外两人躲在一辆送冰的马车后面，马车载有热带牌啤酒，停在隔壁的丘纳德酒吧门前。一匹未卸挽具的马倒在地上，还在蹬腿，另一匹则昂着头想挣脱挽具。

有个小伙子从马车后角开枪还击，子弹从人行道上弹飞。端冲锋枪的黑人几乎把脸探到了街面，朝下冲马车后角一阵点射，果然有个人中枪，一头栽倒在人行道上，脑袋耷拉在路边，他双手抱头扑倒在地上，司机用猎枪继续朝他射击，黑人趁机换了弹夹再次开枪，但这次是一阵连射。你能看见铅弹像银币似的在人行道上飞溅。

另一个小伙子把双腿受伤的同伴拖回到马车后边。我看见那个黑人把脸贴近地面，冲着他俩又是一阵点射。随之我看见潘乔从马车后角冲出，躲到了那匹还站立着的马身后。他突然从马身后冲出来，脸白得像弄脏的床单，用他那把鲁格尔手枪击中了司机；然后他双手握枪以保持稳定，朝那黑人的头部连开两枪，一枪打高了，一枪太低。

子弹击中了汽车轮胎，因为我看见车胎爆裂时街上一阵尘土飞扬。这时那个黑人在十英尺开外朝潘乔的腹部开了一枪，那肯定是最后一颗子弹，因为我看见黑人随之就把枪给扔了。潘乔痛苦地坐下来，挣扎着向前扑，试图直起身子。他手里仍然握着那把手枪，只是头抬不起来，这时那个黑人抄起司机靠在车轮上的猎枪，一枪打掉了潘乔的半个脑袋。了不起的黑家伙。

我抓起第一眼瞥见的一个开了盖的瓶子，仰头喝了一口，但我迄今都说不出到底喝了什么。那整件事让我感觉非常糟糕。我顺着吧台后面溜进厨房，从厨房后门溜出酒吧。绕着广场边往外走，甚至没回头瞧一眼很快就在咖啡馆门前积聚起来的人群，而是出了广场大门，径直奔向码头上了船。

那个租我船的家伙正等在船上。我把刚才发生的事告诉了他。

"埃迪在哪儿？"这个叫约翰逊的家伙问。

"枪战一开始我就再没见过他。"

"你认为他挨枪子儿了？"

"见鬼，不。我告诉你，射进咖啡馆的子弹全都打在酒柜上了。当时汽车是从他们后边冲过来的。他们正好在那扇窗户前打中了第一个小伙子。他们是从这个角度来的……"

"你好像都很清楚。"他说。

"我一直都盯着看。"我告诉他。

这时我抬起目光，看见埃迪正顺着码头过来，他看上去比平时高，也更邋遢，走路的样子像是关节都错了位。

"他来了。"

埃迪看上去非常糟糕。他大清早的样子从来都不好，不过这会儿看上去真糟糕透了。

"你刚才在哪儿？"我问他。

"就趴在地板上。"

"你都看见了？"约翰逊问埃迪。

"别说那事了，约翰逊先生，"埃迪对他说，"一想到那事我就恶心。"

"你最好喝口酒，"约翰逊对他说，然后掉头问我，"咳，可以开船了吗？"

"这个随你。"

"天气会怎么样？"

"和昨天一样好。兴许更好。"

"那我们就开船吧。"

"好的，等鱼饵一来就走。"

我们送这个家伙去冲流钓鱼都三个星期了。在过海之前他曾付了我一百美元，用来打点领事，结清海关，购买鱼饵，给船加油，除此之外我还没见过他一分钱。他以每天三十五美元的价格租船，我负责提供所有的钓鱼用具。他晚上睡在旅馆里，每天早上登船。是埃迪给我揽的这笔生意，所以我不得不带着他。每天付给他四美元。

"我得给船加油。"我告诉约翰逊。

"那就加吧。"

"加油得花钱。"

"要多少？"

"二十八美分一加仑。我至少得加四十加仑。要十一美元二十美分。"

他掏出十五美元。

"剩下的钱你想买些啤酒和冰块吗？"我问他。

"那好哇，"他说，"就把它记在我欠你的账上。"

仔细想来，三个星期没收他钱，这时间是长了一点，但要是他这人靠谱，早收晚收又有什么区别呢？无论如何，他本来应该每星期付钱。但我一直都允许租客一月付一次租金，而且最后都拿到了钱。说到底都是我的错，不过这笔生意开始时我还是很高兴的。只是这最后几天他让我感到紧张，但我什么也不想说，因为我担心这会令他对我发火。如果这人靠谱，他租得越久越好。

"来瓶啤酒？"他一边开啤酒箱一边问我。

"不用。谢谢。"

那黑人带着鱼饵上船，我们开船离开港口。黑人专心摆弄几条鲭鱼；将鱼钩穿过鱼嘴，露出鳃外，切开鱼的一侧，将鱼钩从另一侧穿出，然后把鱼嘴系上金属钓线并系好鱼钩，这样钓钩就不会滑落，鱼饵在被拖曳时也不会旋转。

他是个真正的黑人，聪明，忧郁，衬衫下脖子上挂着一串蓝色的伏都教①念珠，戴着一项旧草帽。他在船上喜欢做的是睡觉和

---

① 伏都教（voodoo），一种西非原始宗教，现仍流行于加勒比海国家（尤其是海地）的黑人中间。

看报纸。但他做得一手好诱饵，而且做得很快。

"你能像他那样弄鱼饵吗，船长？"约翰逊问我。

"能呀，先生。"

"那你干吗让一个黑人来弄？"

"撞上大鱼的时候你就明白了。"我告诉他。

"什么意思？"

"那黑家伙比我手脚快呗。"

"埃迪也做不了这个？"

"做不了，先生。"

"这对我来说似乎是笔多余的开销。"约翰逊每天付这个黑人一美元，而黑人每天晚上都要去跳伦巴舞。我这会儿就能看出他已经昏昏欲睡。

"这并不多余。"我说。

这时我们已驶过那些把鱼箱泊在卡瓦尼亚斯①附近海域的单桅小帆船，以及那些把锚抛在莫罗城堡②附近岩石海床上、专捕高鳍笛鲷的小船。我把船开出海湾在水面上划出一道暗线的水域。埃迪取出两个大诱饵，那黑人则把小鱼饵挂上三根钓竿。

那股海流几乎冲进近岸的浅水水域，当我们靠近交界处时，你能看见近乎紫色的漩涡在船尾匀称地泛起。东风徐徐吹来，我

---

① 这里的卡瓦尼亚斯（Cabañas）是古巴比那尔德里奥省东北海岸一座有数万人口的滨海小城，在哈瓦那以西约50公里处。

② 莫罗城堡（El Morro Castle）位于哈瓦那旧城滨海处，于1589—1597年间建成，1762年英国占领古巴时遭损毁，重建后的城堡现为古巴航海博物馆。

们惊起了许多飞鱼，那些有黑色翼鳍的大家伙高高跃出水面，看上去就像林德伯格①驾机飞越大西洋的场景。

那些大飞鱼就是最好的迹象。在目力所及处，可见一小团一小团的淡黄色马尾藻，这意味着那里是海流主道。前方有飞鸟贴着水面对付一群小头鲔。你可以看见鱼群在水面跳跃，不过只是些只有两三磅重的小鱼。

"你随时都可以出竿了。"我告诉约翰逊。

他系上腰带，披上一整套钓具，伸出那根装有哈代牌飞钓轮的大号鱼竿，钓轮里卷有六百码长的36号钓线。我往船尾望去，见他把鱼饵拖得很好，正好在浪头上跳动，两个大诱饵忽而没入水中，忽而跃出水面。我们正以正常速度行驶，我径直把船驶进了那股海流。

"把渔竿插进座孔，"我告诉约翰逊，"这样鱼竿就不会那么重了。松开钓轮制动扣，这样鱼吞饵的时候你才能放线。要是不松开制动扣，那就等着鱼把你拖下水吧。"

我每天都要把这些话对他唠叨一番，不过我并不介意。那些租船钓鱼的家伙十之八九都不懂怎样钓鱼。等他们明白一点儿，租期也差不多了，他们大多数时候都想用不够结实的细钓线钓起大鱼。

"今天看起来怎么样？"他问我。

"再好不过了。"我告诉他。那天天气的确不错。

----

① 查尔斯·奥古斯都·林德伯格（Charles Augustus Lindbergh，1902—1974，又译林白），美国飞行员，因于1927年单独完成横越大西洋的不着陆飞行而闻名于世。

我把舵轮交给那个黑人，让他顺着海流边缘向东行驶。然后我来到船尾约翰逊坐的地方，看着他的鱼饵在水面弹跳。

"要我再给你支根鱼竿吗？"我问他。

"我想不必了，"他说，"我该自己钓住鱼，自己把鱼弄上甲板。"

"很好，"我说，"想让埃迪替你支根竿吗？如果有鱼咬钩，再把竿给你，这样你就可以自己钓了。"

"不，"他说，"我宁愿只支一根鱼竿。"

"好吧。"

那黑人继续驾船前行，我望向驾驶舱，见他已看到一群飞鱼在船头前方不远处跃出水面。回头遥望，我能看见在阳光下显得很美的哈瓦那，一艘船刚刚从港口驶出，正从莫罗城堡前经过。

"我觉得你今天有机会露一手，约翰逊先生。"我对他说。

"也该到时候了，"他说，"我们出来有多长时间了？"

"今天已经是第三个星期。"

"这鱼也钓得太久了。"

"这些鱼也挺有趣的，"我对他说，"不来就不来，一来就大群大群地来。它们总会来的。要是现在都不来，恐怕就永远不会来了。月亮正好。潮流也不错，而且我们很快就会遇上一阵和风。"

"我们第一次来这儿时还有些小鱼。"

"是呀，"我说，"我告诉过你，小鱼稀少是大鱼出现的征兆。小鱼看不见了，大鱼也就来了。"

"你们这些渔船老板总有同样的说辞。不是太早，就是太迟；要么风向不对，要么月亮不对。可你们还是照样收钱。"

"不错，"我对他说，"糟糕就糟糕在通常都是太早或太迟，要么就是很多时候风向都不对。好不容易撞上个好天，偏偏你又在岸上，没人租你的船。"

"那你认为今天是个好天吗？"

"好吧，"我告诉他，"我今天已经够冒风险了。不过我敢打赌，你今天一定会钓到大鱼。"

"但愿如此。"他说。

我们静下心来拖曳钓线。埃迪去前甲板躺下。我一直站着，留心观察水面，不时也扭头看看把舵的黑人，他偶尔会打瞌睡。我打赌他一定又玩了几个通宵。

"船长，你能给我拿瓶啤酒吗？"约翰逊问我。

"好的，先生。"我说，然后在冰块下面给他掏出一瓶。

"你不想来一瓶？"他问。

"不，先生，"我说，"我晚上再喝。"

我打开瓶盖把啤酒递给她，这时我看见一个褐色大家伙朝钓饵猛地一扑，撞上了那条作诱饵的鲭鱼，它的头部和背部冒出水面，喙尖比人的胳膊还长。它看上去有原木那么粗。

"放线！"我大声喊道。

"它没咬住钩呢。"约翰逊说。

"那就稍等等。"

那条鱼从深处跃出，没能咬住鱼饵。我知道它会回来，回来再咬。

"准备好，他一咬钩就放线。"

随后我看见那家伙从船后方的水下游来。你能看到它的鳍很宽，像紫色的翅膀，褐色的身体上也有紫色斑纹。它像潜水艇一样冲上来，背鳍露出水面，你能看见那背鳍划开海水。此时它已冲到鱼饵后面，喙尖也冒出来了，在水面上摇晃。

"让它咬钩。"我说。约翰逊松开钓轮扣，线轴开始发出嗖嗖响声，那条老马林鱼转身往下潜，当它在船舷边转身，快速向岸边冲时，我看见了它闪着银光的整个身子。

"把扣拧紧点，"我冲约翰逊喊，"但别太紧。"

他拧紧制动扣。

"别太紧。"我说。这时我看见钓线偏斜了。"卡死钓扣，使劲儿拽。你必须使劲儿拽。反正它都会蹦跶。"

约翰逊拧紧钓扣，重新握紧钓竿。

"使劲儿拽！"我告诉了他，"让它咬紧钓饵。拽它五六下。"

他吃住劲儿拽了三两下，这时候钓竿弯得厉害，绕线轮开始吱吱尖叫，鱼蹦出水面，砰地一下跃出老远，像一匹马坠下悬崖，在阳光下闪烁银光，溅起一片水花。

"松开钓扣。"我告诉约翰逊。

"它跑了。"约翰逊说。

"真他妈的！赶快松线。"

我能看见钓线的弯曲处，那条鱼再次跃起时已在船尾，正朝大海深处游去。随后它又蹦出水面，溅起一片白浪。我能清楚地看见它的嘴被钩住了，身上的斑纹也清晰可见。那真是条好鱼，银光闪闪，银鳞上镶有紫色斑纹，身躯像一截粗大的原木。

"它跑了。"约翰逊说。渔线都松了。

"收线，"我说，"它上钩了。开足马力追上去！"我对黑人大喊。

接着有那么一两次，那条鱼像木桩似的直立起来，整个身体朝着我们蹦腾，每次坠下都把海水溅得老高。钓线渐渐绷紧，我看到它又把头朝着海岸，我能看到它正在转身。

"现在它要跑了，"我说，"如果它已上钩，我们就追上去。松开轮扣。钓线够长的。"

像所有大马林鱼一样，那条老马林鱼也直往西北方逃窜，天哪，它真上钩了。它开始长距离地跳跃，每一跃都像是快艇在海面上冲锋。我们追上它了，等我一调转船头就会把它甩在船尾。我把住了舵盘，不停地朝约翰逊喊叫，让他继续松开轮扣，快速放线。突然，我看见他的鱼竿猛拽了一下，钓线随之松了。只有很在行的人才知道钓线松了，由于钓线在水中产生的拉力，它看上去并没松。但我很在行。

"它跑掉了。"我告诉约翰逊。那条鱼还在继续跳跃，直到跳出我们的视线。那的确是条好鱼。

"我觉得它还在拽线。"约翰逊说。

"那是钓线的拽力。"

"那么重？我几乎都转不动线轮。没准儿它死了。"

"你看，"我说，"它还在跳呢。"你能看见那条鱼在半英里外，还在溅起浪花。

我摸了摸他手中的轮扣。他把扣拧得死死的。这样你根本放不出钓线。线不断才怪呢。

"我不是叫你松开轮扣吗？"

"可它不停地拽线。"

"拽又咋样？"

"我就把线给绷紧了。"

"听好，"我对他说，"鱼像那样吞钩，你要不放线，它们准会挣断。再结实的钓线也拽不住它们。它们要线你就得放，放多长都成。你必须一直松开轮扣。那些渔民用渔叉绳也拽不住这样的鱼。我们要做的就是开船在后面追逐，这样鱼逃跑的时候就不会把钓线都拽过去。它们跑着跑着会突然往深处潜，这时你可以收线拽它们回来。"

"线要是不断，我能把它钓上来吗？"

"你本来有这个机会。"

"它不可能总是那样蹦跶，是吧？"

"它蹦跶的花样可多呢。要等它蹦跶完了，钓鱼才算开始。"

"那好，我们就钓一条吧。"约翰逊说。

"你得先把线给绕回来。"我告诉他。

在钓住那条鱼又让它逃掉的这段时间里，我们没有惊醒埃迪。这会儿老埃迪回到了船尾。

"怎么样？"他问。

在沦为酒鬼之前，埃迪在船上也是个像模像样的男人，但他现在真是一无是处。这会儿我看他站在那里，个头高挑，脸颊深陷，嘴角松弛，眼角挂有白色的分泌物，头发被阳光烤得焦乎乎的。我知道，他要不是想喝酒绝不会醒来。

"你最好来瓶啤酒。"我对埃迪说。他从箱子里掏出一瓶，开盖喝了起来。

"咳，约翰逊先生，"他说，"我想我最好还是不睡了。非常感谢您的啤酒，先生。"了不起的埃迪。那条鱼居然对他没任何影响。

对啦，中午时分我们钓到另一条鱼，但结果又让它跑了。鱼脱钩时，你能看到那个约翰逊先生把鱼钩抛到了三十英尺高的空中。

"我又做错了什么？"约翰逊问。

"没什么，"我说，"只是它脱钩了。"

"约翰逊先生，"埃迪开口道，这会儿他清醒了一些，正在喝另一瓶啤酒——"约翰逊先生。你只是运气不好罢了。没准儿你的好运在女人身上。约翰逊先生，我们今晚出去怎么样？"说完他又回去躺了下来。

大约四点钟光景，我们靠近岸边逆流返航，那股海流像磨坊引水槽中的水流，阳光照在我们身后，这时一条大鱼，一条我这辈子见过的最大的黑马林鱼，盯上了约翰逊的钓饵。此前我们用羽状鱿鱼钓饵钓到了四条小头鲔，黑人把其中的一条挂在约翰逊的钓钩上当诱饵。拖这样的诱饵很吃力，但诱饵在船尾溅起很大的浪花。

约翰逊把套着绕线轮的皮带从身上解了下来，这样他就可以把鱼竿横放在膝盖上，老是用一种姿势举着鱼竿，他双臂开始僵直，一直摁着拖曳着大鱼饵的绕线轮制动扣，他的手也开始酸软，于是他趁我没注意，便把制动扣拧紧了。我真不知道他拧紧了轮扣。我不想看他握鱼竿的那副样子，但我也讨厌一直对他指手画脚。再说，反正轮扣松着，钓线自然会放出去，所以也不会有任何危险。不过对钓鱼来说，这未免有点草率。

当时我把着舵，靠着那股海流的边缘行驶，海流冲向那家旧水泥厂，那里离海岸很近，但水很深，所以形成了一种其中会有很多诱饵的涡流。突然，我看到了一团像是深水炸弹炸起的浪花，看见了喙尖、眼睛、张开的下颌，然后是一条黑马林鱼巨大的紫黑色头部。随之整个背鳍高高地露出水面，看上去就像一艘装备齐全的帆船，而当它扑向那条小头鲔时，整个镰刀状的尾巴也露了出来。它高高扬起的喙尖有棒球棒那么粗，咬住诱饵的那一刻，它似乎把大海切成了两半。它通体是紫黑色，眼睛大得像汤碗。这条鱼太大了。我敢说有一千磅重。

我冲约翰逊大喊，想叫他赶快放线，但话还没出口，就看见他仿佛被起重机从椅子上吊到了空中，手里抓住那根弯得像弓的钓竿，不过只抓住了一秒钟，随着竿柄重重地顶向他的肚子，整套钓具都被那条鱼拖进了水中。

他把轮扣拧得死死的，鱼咬钩时就把他从椅子上拽了起来，他完全没法控制。他当时把钓竿横放在膝盖上，用一条腿压住竿柄。要是先前他没把套着绕线轮的皮带从身上解开，那鱼早就把他也拽下海了。

我关掉引擎，走到船尾。约翰逊坐在那儿，双手捂住被竿柄顶伤的肚子。

"我想今天就够了。"我说。

"那是什么？"他问我。

"黑马林鱼。"我告诉他。

"到底是怎么回事？"

"你给合算合算，"我说，"那个绕线轮值二百五十元。现在更贵了。钓竿花了我四十五元。另外差不多还有六百码 36 号钓线。"

这时埃迪上前拍了拍他的背说:"约翰逊先生,你真是倒霉透了。你要知道,我这辈子都没见过这种事。"

"住口,酒鬼。"我喝住埃迪。

"我跟你说,约翰逊先生,"埃迪并没住口,"这是我这辈子见过的最稀罕的事。"

"钓到那么大一条鱼,你叫我怎么办?"约翰逊悻悻道。

"是你逞能要自己一个人钓的。"我提醒他,心里十分恼火。

"那些鱼太大了,"约翰逊说,"唉,那简直就是种惩罚。"

"听好,"我说,"像那样大的鱼会要了你的命。"

"有人钓起过那样大的鱼。"

"懂得钓鱼的人会钓起它们。但别以为他们就不会受到惩罚。"

"我见过一张照片,有个女孩儿就钓了那么一条鱼。"

"没错,"我说,"可那照片是摆拍的。那条鱼吞下了鱼饵,他们把它的五脏六腑都给拉出来了,然后鱼翻了翘,死了。而我说的是鱼咬钩后,怎样放线收线把它给拽上来。"

"好吧,"约翰逊说,"这些鱼太大了。要是钓鱼这么没意思,干吗还钓呢?"

"说得真好,约翰逊先生,"埃迪学着他的口气道,"要是钓鱼这么没意思,干吗还钓呢?听我说,约翰逊先生,你可真是一针见血,要是钓鱼这么没意思——干吗还钓呢?"

那条鱼出现之后我就一直心绪不宁,现在又为损失了一套钓具而懊恼,所以我不想听他俩饶舌。我叫黑人把船头朝向莫罗城堡,没去理睬那两个家伙。这时埃迪坐在一把椅子上喝一瓶啤酒,约翰逊在喝另一瓶。

"船长，"过了一会儿约翰逊叫我，"能给我一杯加冰威士忌吗？"我一声不吭地把酒递给他，然后给自己弄了杯不加冰的。我心里在想，这个约翰逊出海钓了十五天鱼，终于钓到一条渔夫闯荡一年也难碰上的大鱼，然后又把它给放跑了，同时还弄丢了我一套很棒的钓具。丢完人，出完丑，现在却心满意足地坐在那里和一个酒鬼一道喝酒。

我们进港靠上码头，那黑人站在一旁等待。我问约翰逊："明天还钓吗？"

"我想就不必了，"他回答说，"我钓够了这他妈的鱼了。"

"那你得把这黑人的钱给付了。"

"我该付他多少？"

"一美元。要是你觉得合适，再给他加点儿小费。"

于是约翰逊给了黑人一美元外加两个面值二十分的古巴硬币。

"这是为什么？"黑人摊着那两枚硬币问我。

"小费，"我用西班牙语告诉他，"你活儿干得好，他给你的。"

"明天还来吗？"

"不来了。"

黑人拿上他用来扎鱼饵的线球，戴上墨镜和草帽，没说再见就转身离去。他是个对我们任何人都满不在乎的黑人。

"你打算什么时候结账，约翰逊先生？"我问。

"明天上午我去银行，"约翰逊回答，"我们下午就可以结账了。"

"你清楚这船你租了多少天吗？"

"十五天。"

"不对。加上今天是十六天，加上路上消耗的时间，一共是十八天。还有今天损失的鱼竿、绕线轮和钓线。"

"损失应该算你的。"

"那不成，先生。像你这样造成的损失不该算在我头上。"

"我只付每天的租金。损失你自己负责。"

"不行，先生，"我说，"如果是被鱼毁掉，那就另当别论，算不得你的过错。可这套钓具被弄丢，完全是因为你的粗心大意。"

"是鱼把它们从我手中拽走的。"

"那是因为你拧死了制动扣，是因为你没把鱼竿插进座孔。"

"你没有权力为这个收费。"

"要是你租了一辆车，然后把车开下了悬崖，难道你不认为应该赔车钱吗？"

"我要坐在车里，就不会赔了。"约翰逊回答。

"说得真妙，约翰逊先生，"埃迪插嘴道，"你明白他的意思吗，船长？他要是坐在车里就摔死了，所以也就用不着赔车了。说得真妙。"

我没理会酒鬼的打岔，继续对约翰逊说："鱼竿和绕线轮，你该赔二百九十五美元。"

"咳，这不公平，"约翰逊说，"不过，要是你觉得该这样解决，干吗不打个折呢？"

"我新买那样一套钓具不会低于三百六十美元。我还没让你赔钓线钱呢。那样大一条鱼会把你的钓线全都拽走，这算不得你的错。这旁边站的要不是一个酒鬼，谁都会告诉你我对你有多公道。我知道这似乎是一大笔钱，可我买那套钓具也花了一大笔钱。不买最好的钓具，你休想钓到那种大鱼。"

"约翰逊先生，他说我是个酒鬼。兴许我还真是。不过我可以告诉你，他这个人实在，非常实在，非常通情达理。"埃迪对约翰逊说。

"我并不想找麻烦，"约翰逊最后说，"钓具钱我赔，虽然我弄不明白这是怎么回事。那就算十八天，每天三十五美元，再加额外的一百九十五美元。"

"你先前给过我一百，"我对他说，"我会给你一份所有开销的账单，剩下的食物，还有你为来回旅途买的那些东西，我都会折价扣除。"

"这还算公道。"约翰逊说。

"听着，约翰逊先生，"埃迪开口道，"你要是知道他们对陌生人通常怎样开价，你就会明白这比公道还公道。你知道这是什么价吗？这是优惠价。船长对你就像对他自己的亲妈。"

"我明天去银行，下午来结账。然后我去订后天的船票。"

"你可以坐我们的船回去，省掉那笔船费。"

"不必，"他说，"坐那船我可以节省点时间。"

"那好，"我说，"现在喝一杯怎么样？"

"好呀，"约翰逊说，"这下我感觉轻松了。去那边喝？"

"不，先生。"我说。于是我们三人坐在船尾喝了一大瓶威士忌。

第二天上午我在船上忙乎了一阵，比如换机油什么的。中午我去了趟城里，到一家中国餐馆吃了午饭，在那儿你花四十美分就能像模像样地吃上一顿。然后我为妻子和三个女儿买了些小玩意儿。你知道，一瓶香水、几把折扇、三把长柄梳。买完东西后我顺便进了多诺万酒吧，喝了瓶啤酒，和一个老头儿聊了会儿天，再然后就折回圣弗朗西斯科码头，途中在三四个地方停下来又喝了点啤酒，还在丘纳德酒吧为弗朗基买了两瓶。上船时我觉得舒服极了。上船后我兜里只剩四十美分。弗朗基和我一道上的船，我们坐下来，一边等约翰逊，一边喝从冰箱里取出的啤酒。

埃迪已经一天一夜没有露面，不过我知道他迟早会冒出来，只要酒吧不再让他赊账喝酒。多诺万告诉我，昨晚埃迪和约翰逊在那里待了一会儿，他俩喝的酒都是埃迪赊的账。又等了一阵，我开始纳闷约翰逊怎么还没出现。我在码头上留过话，让他们告诉他上船等我，但他们说他没来过。不过我还是猜想他睡得太晚，大概要中午才起床。银行是下午三点半关门。我们看见飞机已起飞。大约五点半时，我感觉有些不对劲，开始担心起来。

六点钟时，我叫弗朗基去旅馆，去看看约翰逊在不在那里。我当时仍以为他可能是有事出去一会儿，或者他就在酒店里，因感觉不适而无法起床。我就这样等着，一直等到很晚。不过我开始着急了，因为他欠我八百二十五美元。

弗朗基去了大约一个半小时。我见他回来时走得很急，一边走一边摇晃着脑袋。

"他乘飞机跑了。"弗朗基说。

好吧。这下好了。领事馆已经下班。我兜里只剩四十美分。而那班飞机此刻已到了迈阿密。我现在甚至连封电报也发不起。好吧，了不起的约翰逊先生。这都怪我。我本来应该料到的。

"唉，"我对弗朗基说，"我们最好喝点凉东西。约翰逊先生买的。"冰箱里还剩下三瓶热带牌啤酒。

弗朗基和我一样难过。我不知道他怎么会难过，但他看上去很难过。他只是不停地一边拍我的背，一边摇头。

事情就是这样。我破产了。我损失了五百三十美元的租船费，还损失了一套花三百五十美元也买不回来的钓具。我想，那帮在码头闲荡的家伙会因此而感到高兴。那些"海螺"①则肯定会幸灾乐祸。而就在前一天，我拒绝了三千美元，拒绝把三个外国佬送往佛罗里达群岛。其实把他们丢在哪座小岛上都行，只要能让他们离开这个国家。

好吧，我现在能做什么呢？连偷运一船酒都不成，因为买酒你得花钱，而我现在没钱，况且现在也没人再把钱花在酒生意上②。哈瓦那满城都是酒，可没人买它。但是，整个夏天在这座城市忍饥挨饿，结果两手空空回家，那我真他妈的该死。再说我还有家人要养活。我们过来时清关费已经付了。你通常是提前把钱付给经纪人，由经纪人替你登记并清关。真见鬼，我现在连加油的钱都不够了。真是钱能逼死英雄汉啊！了不起的约翰逊先生。

"我得运点东西走，弗朗基，"我说，"我必须得挣点钱。"

"我懂。"弗朗基说。弗朗基常在海边闲逛，做些零工，他耳聋得厉害，每晚都喝得酩酊大醉，但你再也找不到一个比他更忠

---

① 此处"海螺"（conch）在美国方言中是对佛罗里达州南部沿海小岛居民的蔑称。这些小岛居民通常也以捕鱼和走私为生，与小说主人公有竞争关系。

② 美国于 1920 年 1 月至 1933 年 2 月期间曾实施"禁酒令"（美国宪法第 18 号修正案，即禁酒法案），此间凡制造、销售和运输酒精饮料皆属违法。但仍有不少人铤而走险，或为牟取暴利，或为挣钱谋生。

诚、更善良的人了。我第一次跑码头就认识他了。很多时候他都帮我装货。后来我不再运货，去了游船俱乐部，在古巴干起了租船给钓鱼客的营生。我经常在码头和咖啡馆周围看到他。他似乎沉默寡言，通常用微笑代替说话，但那是因他耳聋的缘故。

"你啥都运吗？"弗朗基问。

"当然，"我说，"现在可由不得我挑三拣四。"

"任何东西都运？"

"当然。"

"那让我看看，"弗朗基说，"待会儿你在哪里？"

"我会在珍珠酒吧，"我告诉他，"我得填饱肚子。"

任何人花二十五美分就可以在珍珠酒吧饱餐一顿。那里菜单上的每样东西都是一毛钱，除了汤，汤只要五分钱。我和弗朗基一道走到酒吧，我进了门，他继续往前走。走之前他又握了握我的手，拍了拍我的背。

"别担心，"他说，"我，弗朗基，懂政治，懂生意，懂喝酒。没钱。但够朋友。别担心。"

"再见，弗朗基，"我对他说，"你也别担心，伙计。"

第二章

我走进珍珠酒吧，在一张桌子前坐了下来。他们已修好那扇被枪战打坏的窗户，换了一块新玻璃，陈列酒的橱窗也全部修好。不少加利西亚人靠着吧台在喝酒，有些在吃饭。有一桌人已经开始在玩多米诺骨牌。我花十五美分要了黑豆汤和土豆炖牛肉，剩下的二十五美分要了瓶哈图伊啤酒。当我同那位侍者提起昨天的枪战时，他什么也不愿说。他们全都怕得要命。

吃完饭，我靠在椅背上抽了根烟，心里非常担心。这时我看到弗朗基进来，身后跟着一个人。黄种人，我心里暗想。果然是个黄种人。

"这是孙先生。"弗朗基说，说完微微一笑。他办事倒是挺利落，他知道这点。

"你好！"孙先生招呼道。

孙先生恐怕是我见过的最圆滑的人。他的确是个中国人，但说话像英国人，穿着白色西装、丝绸衬衫，系一条黑色领带，戴的是那种一百二十五美元一顶的巴拿马草帽。

"你来杯咖啡怎样？"他问我。

"如果你请客的话。"

"谢谢，"孙先生说，"这儿就咱仨。"

"除咖啡馆这些人外就咱仨。"

"那好,"孙先生说,"你有条船?"

"三十八英尺,"我说,"一百马力。"

"啊,"孙先生说,"我还以为它会更大些。"

"如果空船的话,它可以装二百六十五箱。"

"我租船你不介意吧?"

"什么条件?"

"你不用去。我另外找船长和水手。"

"不行,"我说,"船去哪儿我去哪儿。"

"知道了。"孙先生说。"你能回避一下吗?"他掉头对弗朗基说。弗朗基像往常一样显出满脸兴趣,冲着他微笑。

"他耳聋,"我对孙先生说,"他几乎也听不懂英语。"

"我明白,"孙先生说,"你会讲西班牙语。请告诉他待会儿再来。"

我用大拇指向弗朗基示意。他起身去了吧台。

"你不会讲西班牙语?"我问孙先生。

"噢,不会,"孙先生说,"现在是什么情况……使得你想……"

"我破产了。"

"明白了,"孙先生说,"你那条船没欠什么债吧?不会有什么麻烦?"

"不会。"

"那好,"孙先生说,"你那条船能载多少我不幸的同胞?"

"你是说载人?"

"正是。"

"多远？"

"一天的航程。"

"这我说不准，"我说，"要是他们没行李，能载上一打。"

"他们不会有行李。"

"你想让他们在哪儿登船？"

"我想这由你来决定。"孙先生说。

"那你打算把他们送到哪儿？"

"你把他们送到托图格斯①，那里会有条纵帆船接他们。"

"听着，"我说，"托图格斯的洛格赫德岛上有座灯塔，上面还有个双向电台。"

"的确，"孙先生说，"把他们往那儿送肯定很愚蠢。"

"那怎么办？"

"我说你把他们送到那儿就行了。他们就出那么多钱。"

"好吧。"我说。

"你可以在你认为最合适的地方让他们下船。"

"纵帆船会来托图格斯接他们。"

"当然不会，"孙先生说，"那样做多蠢。"

"他们一个人头多少钱？"

---

① 托图格斯（Tortugas）是德赖托图格斯群岛（Dry Tortugas）的简称。该群岛在墨西哥湾中，由从美国佛罗里达州南端基韦斯特向西延伸的一长串珊瑚岛和沙洲中的最西端 8 个岛屿组成，其中加登岛（Garden Key）和洛格赫德岛（Loggerhead Key）上建有灯塔。

"五十美元。"孙先生说。

"不行。"

"七十五怎样？"

"一个人头你得多少？"

"哦，那就扯远了。你知道，有很多场合，就是你们说的关节，我都需要打点。钱不会都落入我的腰包。"

"是的，"我说，"可我要干的事难道就不需要打点，嗯？"

"我完全明白你的意思，"孙先生说，"那我们说好一人一百美元？"

"听着，"我说，"要是他们为这事逮住我，你知道我会蹲多少年监狱？"

"十年，"孙先生说，"至少十年。但你没理由要去蹲监狱呀，我亲爱的船长。你唯一要冒的风险就是乘客上船的时候。剩下的事就全由你自己处置了。"

"要是他们又跑回来找到你呢？"

"那太简单了。我就说是你出卖了我，退他们一部分钱，然后另找条船再送他们走。当然，他们也明白偷渡并不容易。"

"那我呢？"

"我想我该给那位领事打个招呼。"

"我懂了。"

"一千二百美元啊，我的船长，现在可不能小看这笔钱。"

"什么时候给我钱？"

"你点头就给二百，另外一千上客的时候给。"

"要是我揣着这二百块跑路了呢？"

"那我当然是毫无办法，"他冲我一笑说，"但我知道你不会干这种事，船长。"

"你手边有二百块吗？"

"当然有。"

"把钱放在盘子下。"他照我的话做了。

"很好，"我说，"我会在上午结关，天黑时把船开出来。对啦，我们在哪儿装船？"

"在巴库拉纳沃海滩①怎么样？"

"没问题。你一切都安排好了？"

"那是当然。"

"好，"我说，"现在商量下怎样装货。你在你船上亮两盏灯，一高一低。我看见灯光就过来。你从那条船出来，我也从那条船接货。你先一个人登我的船，带上钱。收到钱之前我不会让别人登船的。"

"不，"他说，"你开始装货我给一半，装完货再给另一半。"

"好吧，"我说，"这也有道理。"

"这么说啥都清楚了？"

"我想是的，"我说，"不许带行李，不许带武器。手枪、匕首、剃刀，啥都不许带。我必须确定这点。"

"我的船长，"孙先生说，"你还不相信我么？你难道不明白，我们这是利益共享。"

"你肯定？"

———————

① 距哈瓦那 12 公里的一片白沙滩。

"别难为我了，"他说，"你真不明白我们的利益是多么一致？"

"好啦，"我问他，"你什么时候到那儿？"

"半夜之前。"

"很好，"我说，"我想就这么定了。"

"你要多大面额的钞票？"

"一百的就可以了。"

孙先生站起身来。我看着他出门。弗朗基在他走过时冲他微笑，但他没理睬弗朗基。不错，他是个圆滑的中国人。了不起的中国人。

弗朗基来到我桌旁。"成了？"他问。

"你在哪儿认识孙先生的？"

"他偷运中国人，"弗朗基说，"大生意。"

"你认识他多久了？"

"他来这儿大约有两年了，"弗朗基说，"在他之前是另一个人干这事。有人把他给杀了。"

"有人也会把孙先生杀掉的。"

"肯定会，"弗朗基说，"能不杀吗？这么大的生意。"

"了不起的生意。"我说。

"大生意，"弗朗基说，"运走的中国佬绝不会回来。另有些中国佬写信回来说一切都好。"

"真妙。"我说。

"这种偷渡的中国佬根本就不会写信。会写信的中国佬都很有钱。这些人啥都不吃，就吃点米饭吊命。这儿有成百上千的中国佬，可只有三个女的。"

"为什么？"

"政府不允许。"

"真他妈乱七八糟的。"我说。

"你跟他做这笔生意？"

"也许吧。"

"好生意，"弗朗基说，"比玩政治强。有大钱赚。真是大生意。"

"来瓶啤酒吧。"我对弗朗基说。

"你不担心了吧？"

"真他妈的不了，"我说，"真是笔大生意。非常感谢。"

"好，"弗朗基说着拍了拍我的肩头，"没什么比这更让我高兴的了。我想做的就是让你高兴。运中国佬是笔好生意，嗯？"

"好极了。"

"这太让我高兴了。"弗朗基说。他为事情办得顺而高兴，我看他都快掉眼泪了，于是拍了拍他的肩膀。了不起的弗朗基。

第二天上午我办的第一件事就是找到经纪人，叫他去替我办结关手续。他要船员名单，我说没有船员。

"你一个人开船回去，船长？"

"正是。"

"你那位伙伴呢？"

"他喝醉了。"我说。

"一个人行船很危险的。"

"只有九十英里，"我说，"你认为有个醉鬼在船上就更安全？"

我把船开到港口对面的美孚石油码头，把两个油箱都灌得满满的。两箱油加满将近二百加仑。美孚油每加仑要二十八美分，我本来不想加那么多，但我不知道船最后会去什么地方。

见过那中国人并收取定金后，我就一直担心这笔生意。我想我整晚都没睡好。我把船开回圣弗朗西斯科码头，看见埃迪在码头上等我。

"嘿，哈里。"他一边招呼一边朝我挥了挥手。我把后缆绳抛给他，他把缆绳系牢，然后上了船；他看上去显得更高，更邋遢，比以往任何时候都喝得更醉。我没跟他说话。

"哈里，你觉得约翰逊那家伙怎么就那样溜了？"他问我，"你知道是咋回事吗？"

"滚开，"我告诉他，"你叫我恶心。"

"老兄，我不是和你一样为这事恼火吗？"

"滚下船去。"我对他吼道。

他在椅子上坐下来，伸开两腿，开口说："我听说咱们今天要回去。好吧，反正待在这儿也没事可干了。"

"你留下。"

"怎么啦，哈里？你没理由拿我出气。"

"没理由？滚吧。"

"哦，别发火呀。"

我给了他一个耳光。他站起身来，爬上了码头。

"我不会对你做那种事的，哈里。"他回头说。

"你他妈说得没错，你不会做那种事，"我告诉他，"我不想带你走。就这么回事。"

"好吧，那你为什么扇我耳光呢？"

"你就吃这套。"

"你要我干啥呢？待在这儿挨饿？"

"挨饿，见鬼，"我冲他说，"你可以乘渡轮回去。一路上你还可以打工。"

"你这样待我不公平。"他说。

"你待谁公平过，你这个酒鬼？"我对他说，"你连你亲妈都会出卖。"

我说的是事实。但打了他我还是感到难过。你知道揍一个酒鬼是什么感觉。不过现在这种情况下我不会带他走，因为即使我想我也不能。

他蔫头蔫脑地顺着码头离去，走得很慢，看上去一天都没吃饭似的。随后他又折了回来。

"能给我几块钱吗，哈里？"

我从收的定金中给了他五美元。

"我就知道你是我的好朋友。哈里，你干吗不带我走呢？"

"算你倒霉。"

"你这是在气头上，"他说，"没关系，老伙计，你还是喜欢见到我的。"

这下他有钱了，走路的脚步也快多了。但我告诉你，甚至见他走路的样子都让我恶心。他走路时像是关节都错了位。

我登上码头，去珍珠酒吧见经纪人。他给了我结关文件，我给他买了杯酒。我吃午餐的时候弗朗基进了酒吧。

"有人要我把这个给你。"他边说边递给我一个包着报纸系着红线的卷筒。我拆卷筒时觉得里边是张照片，拆开后我认为，照片可能是某人在码头周围从船上拍的。

不错，这是张特写照片，拍的是一个黑人的头部和胸部，黑人的喉咙从耳朵到耳朵被完全割断，然后又被严丝合缝地缝好。死者胸前有张卡片，上面用西班牙语写着"我们就这样处置长舌头"。

"这是谁给你的？"我问弗朗基。

弗朗基指了指一个在码头上混的孩子，一个被肺病折磨得很厉害的西班牙男孩。他这会儿正站在餐柜旁边。

"叫他过来。"

那男孩走了过来。他说十一点左右有两个小伙子把那东西给他，问他认不认识我，他说认识。然后他就让弗朗基把东西交给我。那两个家伙给了他一美元，叫他要亲眼看到我收到照片。他说那两个小伙子穿得很体面。

"政治。"弗朗基说。

"哦，是的。"我说。

"他们以为你跟警察说了那事，说你那天早上见过那些小伙子。"

"哦，是的。"

"肮脏的政治，"弗朗基说，"你最好走人。"

"他们留下什么口信吗？"我问那个西班牙男孩。

"没有，"男孩说，"只是叫我把那东西给你。"

"我这会儿得走了。"我对弗朗基说。

"肮脏的政治，"弗朗基说，"非常肮脏的政治。"

我拿起经纪人给我的那卷结关文件，付过账单，离开酒吧，径直跨过广场，出了广场大门。穿过仓库上了码头后我感到很高兴。那些家伙的确把我给吓着了。他们真傻，以为我会自讨麻烦，为别人的事去告密。那些小伙子和潘乔一样，一害怕就会兴奋，一兴奋就想杀人。

我上了船，开始预热引擎。弗朗基站在码头上望着我，脸上露出耳聋的人那种有趣的微笑。

"听着，"我说，"千万别为这事去招惹什么麻烦。"

他听不见我说话，我只好大声朝他喊。

"我会玩政治。"弗朗基边说边替我解开了缆绳。

第三章

弗朗基把缆绳抛到我船上。我朝他挥了挥手，然后把船开出泊位，顺着航道驶向外海。这时一艘英国货船正在出港，我与它并舷而行。那艘船满载砂糖，船体锈迹斑斑。当我的船紧挨着它的船舷经过时，一名穿老式蓝色水手衫的英国水手从船尾朝下盯着我看。我驶出港口，经过莫罗城堡，把船驶入了去基韦斯特的航道，朝着正北方。我丢下舵盘，去前甲板盘好缆绳，然后回来调整航向，加速把哈瓦那丢在船尾，当那道山脉①在船尾浮现之时，我已把那座城市远远地抛在了身后。

莫罗城堡也很快从我视野中消失，然后是国家酒店，最后我只能看见国会大厦的圆顶。与我们钓鱼的最后一天相比，海流不急，只有微风。我看见两三艘单桅小帆船朝哈瓦那方向驶去，它们从西边过来，所以我知道潮流很缓。

我切断电源，关掉引擎。这会儿用不着浪费汽油。我让船随波漂流，反正天黑后我总能望见莫罗城堡的灯光，即或漂得太远，

---

① 指古巴西部比那尔德里奥省境内的瓜尼瓜尼科山脉（Cordillera de Guaniguanico），此山脉乃一低山脉，绵亘于哈瓦那西南方向，最高峰罗萨里奥山（Sierra del Rosario）高699米。

我也能看到科希玛尔渔港的光亮，从而调整方向去巴库拉纳沃海滩。我想，照海流的情况来看，天黑时船能朝巴库拉纳沃海滩方向漂十二英里，到那时我就能看见巴拉科阿港口的灯光了。

我关掉引擎后爬上驾驶舱舱顶，从那儿四下张望。唯一能看见的就是从西边来的两艘小船，还有矗立在海平线上的国会大厦的白色圆顶。海流中漂有一些马尾藻，有一些海鸟在扑食，但不多。我坐在舱顶上看了一会儿，但我看到的鱼就只是那些惯常在马尾藻丛间逐食的棕色小鱼。老兄，千万别听人忽悠，说什么哈瓦那和基韦斯特之间的海域不够辽阔。我这会儿还只是在这片海域的边缘。

过了一会儿我回到驾驶舱，发现埃迪在那儿。

"怎么了？发动机怎么了？"

"出毛病了。"

"你干吗没有把舱盖打开？"

"嘿，见鬼！"我冲他吼道。

你知道他都干了些什么吗？他又回到了船上，偷偷从前舱盖溜进底舱，倒头就睡。他带回两大瓶酒。他在上岸后看见的第一家酒馆买了酒，然后就回来上船了。我开船的时候他醒过一次，接着又睡着了。等我把船停在海湾，船开始随浪颠簸，这又把他给弄醒了。

"我知道你会带上我的，哈里。"他说。

"带你去下地狱，"我说，"你连船员名单都没上。我现在恨不得让你跳海。"

"你老爱开玩笑，哈里，"他说，"遇上麻烦的时候，我们这些闯海人谁也不该撂下谁。"

"你，"我说，"你这张嘴呀。你一喝上酒，谁还能相信你？"

"我是好人，哈里。你好好考验我一下，看我是多好的一个人。"

"把你那两瓶酒给我。"我对他说，心中却想到了另外的事。

他递过酒瓶，我从已启过塞的那瓶喝了一口，然后朝前把酒瓶放在了舵轮旁边。他站在那儿，我看着他。我感到难过，为他，为我所知道我不得不去做的事情。见鬼，我认识他的时候他是个好人。

"这船怎么啦，哈里？"

"船没事。"

"那到底出了啥事？你干吗用这种眼神看我？"

"老兄，"我对他说，我为他感到难过，"你撞上大麻烦了。"

"你说什么麻烦，哈里？"

"我现在也不知道，"我说，"我还没把这整件事捋清楚呢。"

我们在那里坐了一会儿，我不想再和他说话。就算想清楚了这事，我也很难对他开口。随后我进了底舱，取出我一直放在那儿的唧筒式霰弹枪和30-30温彻斯特步枪①，把它们与枪套一起挂在我们平常挂钓竿的驾驶舱顶部，就在我伸手可及的舵轮上方。我平时把这两支枪放在标准枪套里，枪套里塞有浸过油的短羊毛，这是在船上防止它们生锈的唯一办法。

我从枪套中取出霰弹枪，花了点时间擦拭，往弹仓里填满子

---

① "30-30温彻斯特步枪"是美国温彻斯特公司生产的一种使用无烟火药弹的狩猎步枪，型号标示中的第一个"30"表示该枪的口径是30英寸，后一个"30"表示子弹的发射药为30格令（约1.9克）。

弹，将其中一颗压进枪管。我把一粒烟火弹推进温彻斯特步枪的枪膛，也往弹仓里压满了子弹。随后我从床垫下取出我在迈阿密当警察时用过的那把史密斯韦森点38口径左轮手枪，擦拭，上油，填满子弹，然后将其别在皮带上。

"出什么事了？"埃迪问，"到底出什么事了？"

"没事。"我说。

"没事你摆弄这些该死的枪干吗？"

"我上船总都带着枪，"我说，"打那些啄鱼饵的鸟，要么打鲨鱼，或是为了巡游佛罗里达群岛。"

"该死，到底出了什么事？"埃迪追问，"到底出了什么事？"

"没事。"我告诉他。我坐在那儿，那只点38手枪随着船的摇晃拍打着我的腿。我望着埃迪，心想这下没理由撵他走了。我现在需要他。

"我们有点事要做，"我告诉他，"在巴库拉纳沃海滩。到那儿后我会告诉你做什么。"

我不想早不早就把事情告诉他，因为说了也没用，只会让他担惊受怕。

"你找不到比我更好的人了，哈里，"他说，"我是你的人。干啥事我都跟着你。"

我看着他没再吭声，他个头高大，醉眼蒙眬，身子微微发抖。

"听我说，哈里，"他开口道，"就让我喝一口吧，我抖得厉害。"

我让他喝了口酒。然后我们坐下来等天黑。那是个晴朗的傍晚，微风习习，令人惬意，太阳完全落下后，我启动引擎，朝着陆地缓慢驶去。

第四章

我们在离岸约一英里外摸黑行驶。太阳落下后海流变得湍急，我注意到波涛开始汹涌。往西我可以望见莫罗城堡的灯光和哈瓦那的光亮，而我们对面的灯光来自林孔港和巴拉科阿港。我逆着海流行驶，直到船过了巴库拉纳沃海滩，几乎进了科希玛尔渔港。这时我让船顺水漂流。天很黑，但我清楚我们的位置。我关掉了船上所有的灯。

"这到底是怎么回事，哈里？"埃迪问我。他又开始害怕了。

"你觉得是怎么回事？"

"我不知道，"他说，"你弄得我怪担心的。"他几乎要发抖了，当他走近我时，我听他喘着粗气。

"现在几点了？"

"我这就下去看看。"他说。他回来时告诉我现在是九点半。

"你饿吗？"我问。

"不饿，"他回答说，"你知道我吃不了多少，哈里。"

"好吧，"我对他说，"你可以喝一口。"

他喝完酒后我问他感觉如何。他说感觉很好。

"待会儿我再让你喝两口，"我对他说，"我知道你胆小，除非喝了酒，只是这船上酒不多，所以你最好忍着点儿。"

"告诉我怎么回事。"埃迪说。

"听着，"我在黑暗中向他交代，"我们要去巴库拉纳沃海滩搭上十二个中国人。到时我叫你把舵你就把舵，我叫你干啥你就干啥。我们要把那十二个中国人接上船，然后把他们都锁进下面的前舱。现在你上前边去，把舱盖从外面扣牢。"

他爬了上去，我看见他的身影隐入黑暗。他一回来就问我："哈里，这下我能喝口酒了吧？"

"不行，"我说，"我只是想让你壮壮胆，不想让你成为废物。"

"我是个好人，哈里，你会明白的。"

"你是个酒鬼，"我说，"听着，有个中国人会把那十二个人带来。他一开始会给我些钱。等那些人都上船后他会给我更多的钱。你看见他第二次递给我钱时你就开船，开足马力，朝海面上冲。你别管出了什么事。不管发生什么事你都只管开船。你明白吗？"

"明白。"

"要是有任何中国佬想冲出底舱或掀翻舱盖，只要我们冲出海湾上了航道，你就拿那把霰弹枪尽快把他们给轰回去。你懂怎样用霰弹枪吗？"

"不懂，但是你可以教我呀。"

"教你也记不住。你会用温彻斯特步枪吗？"

"只需拉一下枪栓，扣扳机就是了。"

"很好，"我说，"只是别在船身上打出些窟窿。"

"你最好让我再喝一口。"埃迪说。

"好吧。只准喝一小口。"

我让他喝了一大口。我知道现在这口酒还不至于让他喝醉；

担心的只是他把酒一下都灌下去。不过每喝一口就只管那么一小会儿，埃迪喝酒后一如既往地飘飘然："这么说，我们要买卖中国佬了。天哪，我就说嘛，要是我哪天破产了，我就去买卖中国佬。"

"可你从来没破过产呀，不是吗？"我对他说。他的确可笑。

十点半之前我又让他喝了三口酒壮胆。看他那副模样真叫人觉得有趣，这倒让我自己没去想喝酒。我没料到要等那么长时间。我原计划天黑后开船，只是想避开岸上的强光，沿着海岸线去科希玛尔渔港。

快到十一点的时候，我看见岬角处亮起了两盏灯。我等了一小会儿，然后慢慢把船开过去。巴库拉纳沃海滩是一个小海湾，那里曾有个装沙子的大码头。雨季里会有一条小河冲开河口的沙洲流入海湾。到了冬季，北风又会把沙子吹积起来填满小河河床。过去常有纵帆船开进海湾，装运顺着那条河运来的番石榴。那里曾有个小镇。但飓风把它给毁了，如今一切都已消失，只有一幢用被飓风毁掉的房屋残骸搭建的房子，那是一些加利西亚人搭建的，他们将其作为一个俱乐部会所，周末从哈瓦那来海滩游泳野餐时则作为更衣室使用。那里还有一幢政府代表居住的小屋，但小屋背向海滩。

沿着整条海岸线，每个这样的小地方都驻有一名政府代表。但我想那个中国人肯定会用他自己的船，而且早已把那个代表给搞定。驶进海湾的时候，我能闻到马尾藻的气味，还能闻到离开陆地前闻过的灌木的香味。

"快到船头去盯着。"我吩咐埃迪。

"这边没啥可撞的，"他说，"礁石都在你进来的另一边。"你看，他曾经可是个好人。

"注意盯着点儿。"我说着把船往里开，到达我知道他们能看见我们的位置。沙滩上没有拍岸浪，他们能听见马达声。没法确定他们能不能看见我的船，我又不想停在那里傻等，于是我打开夜航灯，让红绿灯闪了一下，随即又关掉。然后我掉转船头驶出一段距离，把船停在开阔水域，引擎没有熄火。船在一阵轻浪中微微摇晃。

"到后边来。"我叫回埃迪，给他喝了一大口酒。

"你这是提前犒赏我啦？"他冲着我耳边低声说。他在舵轮边坐下来，我伸手把两个枪套打开，露出一截枪托。

"这下都好了。"

"啊，好家伙！"埃迪惊呼道。

这可真神奇，一口酒就能让他瞬间变成另一个人。

我们停在那儿，我能看见代表住屋后窗映在灌木丛间的灯光。我看见岬角处那两盏灯降了下来，其中一盏绕着岬角移动，另一盏肯定被他们给灭了。

过了一会儿，我看见一条小船出了海湾，朝我们驶来，船上有个人在划桨。从划桨人的姿势我能看出，那是一柄很大的桨。我很高兴。如果他们是划船过来，那就意味着要对付的是孙先生一人。

他们把船打横，靠了过来。

"晚上好，船长。"孙先生招呼道。

"朝船尾靠，靠侧舷。"我对他说。

孙先生对划船的小伙子说了些什么，但他不能向后划，于是我探身抓住小船的上缘，把它拖到船尾。小船上有八个人。六个中国佬，另外就是孙先生和那个划船的小伙子。当我把小船向后拉时，我留心着会有什么东西砸我的脑袋，但什么也没发生。我直起身子，让孙先生抓住了船尾。

"让我们来看看钱是啥模样。"我说。

他递给我一卷钞票，我接过钱后来到埃迪把舵的驾驶舱。打开罗盘灯，仔细清点了一下。钱没问题，于是我关了灯。埃迪这时候正在发抖。

"你自己喝一口吧。"我说。我见他伸手抓过酒瓶仰头就灌。

我回到船尾。

"没错，"我说，"让那六个人上来吧。"

这时有一阵波浪，孙先生和那个划船的古巴小伙子正忙着稳住小船，以免它碰撞我们的船舷。我听见孙先生用中国话说了些什么，小船上那些中国人开始往我的船上爬。

"一个一个上。"我招呼道。

孙先生又说了些什么，然后六个中国人一个接一个地爬上了船尾。我看他们的身高体重全都一个样。

"领他们去前舱。"我对埃迪说。

"这边请，先生们。"埃迪开口道。天哪，我知道他真灌了一大口。

"锁上舱门。"我叮嘱埃迪，这时那六个中国人都进了前舱。

"是，先生。"埃迪说。

"我这就回去接另外的人。"孙先生对我说。

"好的。"我说。

我把小船推开，他和那个小伙子划船离去。

"听着，"我对埃迪说，"别再碰那酒瓶，你这会儿已经够勇敢了。"

"遵命，长官。"埃迪说。

"你这是扯哪门子风啊？"

"我就喜欢干这个，"埃迪说，"你说你刚才只用拇指就把那条小船给推回去了。"

"你这个讨厌的酒鬼，让我也喝一口吧。"

"这瓶都喝光了，"埃迪说，"对不起，长官。"

"听着，待会儿你要做的就是注意观察，他一把钱递到我手上你就开船。"

"遵命，长官。"埃迪说。

我伸手取出另一个瓶酒，用瓶塞钻启开瓶塞，仰头喝了一大口，然后拎着酒瓶回到船尾，重新塞紧瓶塞，把酒瓶放到了两个装满水的柳条罐①后面。

"孙先生又过来了。"我对埃迪说。

"是的，先生。"埃迪说。

小船出了海湾朝我们划来。

这次小船划到了船尾，我让他们靠稳。孙先生抓住了我们钓大鱼时用来把鱼拖上甲板的滚柱。

"让他们上船，"我说，"一个一个上。"

_____

① 所谓"柳条罐"实为瓦罐，只是有柳条编织的护圈和把手。

六名身材模样各不相同的中国人登上了后甲板。

"开门，领他们去前舱。"我吩咐埃迪。

"是，先生。"埃迪回答。

"锁好舱门。"

"是，先生。"

我看见埃迪回到了舵轮跟前。

"好吧，孙先生，让我们来看看其余的钞票。"

他把手伸进口袋，掏出钱来递给我。我伸手去接钱，顺势抓住他握钱那只手的手腕，他迎面朝船尾一扑，我用另一只手掐住了他的咽喉。我感觉船开动了，随之就挂挡加速朝外海猛冲。我和孙先生扭在一起，当我们的船离开小船时，我瞥见那个古巴人在小船船尾把着划桨，这时候孙先生拼命挣扎，比任何一条被鱼叉叉中的海豚都扑腾得更厉害。

我把他那条胳膊扭到他身后，使劲往上拽，但我拽得太狠，因为我觉得它一下就折了。伴着咔嚓一声，他嘴里发出一声古怪的尖叫，随之朝前一扑，在我掐住他喉头那只手的肩臂上咬了一口。但我一感觉到那条手臂折断就把它甩开。反正那胳膊对他来说也没用了，然后我用双手掐住了他的喉咙。老兄啊，这会儿那位孙先生像一条鱼那样扑腾，千真万确，他那条断臂像连枷似的不停摆动。但我把他压在他膝盖上，两根拇指死死掐住他的喉头。然后我把他整个脖子往后扭，直到将其扭断。别以为你们就没听见那咔嚓一声。

稍过了一会儿我才松手，把他横放在船尾。他仰面躺在甲板上，很安静，穿着很体面，两条腿伸在驾驶舱内。我丢开了他。

我从驾驶舱地板上捡起钱，把钱凑到舵轮跟前，打开罗盘灯清点了一下。然后我接过舵轮，叫埃迪去后舱找几片铁块。在海底不平或岩石海床的区域钓深海鱼时，我们往往不敢贸然抛锚，这时候就会把那些铁块当锚来使用。

"我啥也找不到。"他说。他被躺在后甲板的孙先生吓坏了。

"把住舵轮，"我说，"直往外开。"

底舱那些中国人显然有些骚动，但我并不担心。

我找到两片我想要的铁块，那是我们从托图格斯群岛的老煤炭码头弄来的，然后我拿了一些钓红鳍笛鲷用的渔线，把铁块绑在孙先生脚踝上。这时候我们离海岸已大约有两英里远，我把孙先生拖上滚柱，让他平稳地滑下海去。我甚至没有翻翻他的口袋。我不想觉得像是在玩弄他似的。

船尾甲板上有摊血，那是从他口鼻中流出来的，我用桶打水想擦拭甲板，水桶差点儿把我拽下船去。我用从后舱找来的一柄板刷清理干净了血迹。

"减速。"我对埃迪说。

"他要漂起来咋办？"埃迪问。

"我抛他那片海域的水大约有七百英寻①深，"我对埃迪说，"他会一直往下沉的。那可是一段很长的路，老兄。他在泡胀了浮上来之前，要么被潮流冲走，要么被鱼吃掉。见鬼，你不用为孙先生担心。"

"你干吗跟他过不去？"埃迪问我。

_____

① 英寻（fathom）是测量水深的单位，1 英寻约等于 1.8 米。

"没别的，"我说，"在我见过的生意人中，他最容易打交道。可我一直都觉得肯定有什么事不对劲儿。"

"你为什么把他给杀了？"

"为了不杀那十二个中国人。"我告诉埃迪。

"哈里，"埃迪说，"你得让我喝上一口，因为我觉得翻胃。看见他脑袋那样耷拉着，真让我恶心。"

我让他喝了口酒。

"那些中国佬怎么处理？"埃迪问。

"我会尽快放他们出来，"我对埃迪说，"不能让他们把舱房弄得臭烘烘的。"

"你打算在哪儿放他们？"

"我们要直接把他们送回海滩。"我说。

"现在就回去？"

"对，"我说，"慢慢开回去。"

我们慢慢地穿过礁石丛，回到我能看到海滩反光的地方。礁石丛上面水很深，过了礁石丛海底全是沙子，沙底一直缓缓倾斜至海滩。

"到前边去给我测测水深。"

埃迪用一柄鱼叉测了测，提起鱼叉向我打手势。他回过身示意我停船。我去到船尾。

"这儿大约有五英尺深。"

"我们得抛锚把船停稳，"我说，"如果发生意外，来不及起锚，我们就砍断或挣断锚绳跑路。"

埃迪抛下锚绳，等到锚不再下坠，他系紧了绳头。这时候船尾朝向陆地。

"下面是沙底，你知道的。"他说。

"船尾那儿水有多深？"

"不会超过五英尺。"

"你拿上这支步枪，"我说，"小心点儿。"

"让我喝一口吧，"他说，"我紧张死了。"

我让他喝了口酒，抽出唧筒式霰弹枪，然后我开了舱盖锁，揭开舱盖冲里喊道："都给我出来。"

"里边没有动静。"

随之有个中国人把头探出舱外，见埃迪端着枪站在那儿，便又把头缩回去了。

"出来吧！没人会伤害你们的。"我说。

没人回应。只听见叽哩呱啦一阵中国话。

"你们都给我出来！"埃迪吼道。天哪，我知道他拿出了那个酒瓶。

"把酒瓶放回去，"我对埃迪说，"不然我一枪把你轰下海去。"

然后我对舱里喊："快出来，否则我就朝你们开枪。"

我看见其中一个人从门角朝外看。他显然看见了海滩，因为他嘴里开始嘀咕着什么。

"出来吧，"我喊道，"不然我真开枪了。"

他们都钻了出来。

现在我告诉你，要杀那样一群中国人真需要心狠手辣，我敢说还会招惹许多麻烦，更不用说把船弄得乱七八糟。

他们出来后很害怕，他们没枪，但他们有十二个人。我端着霰弹枪走到船尾。"下船，"我对他们说，"这水淹不着你们。"

谁也没动。

"快下船。"

还是没人动。

"你们这群该死中国佬，"埃迪大声吼道，"都给我滚下船去。"

"闭上你的臭嘴。"我喝住埃迪。

"不会游水。"一个中国人说。

"不需要游水，"我说，"水不深。"

"快往下跳吧。"埃迪说。

"到船尾来，"我对埃迪说，"你一只手端着枪，另一只手用鱼叉让他们看看水有多浅。"

埃迪让他们看了看被水浸湿了半截的鱼叉。

"不需要游水？"一个中国人问我。

"不用。"

"真不用？"

"真不用。"

"我们在哪儿？"

"古巴。"

"你这个该死的骗子。"他骂道，然后抓住舷缘翻到船外，松手跳进了水中。他的头没入水里，但很快就抬了起来，下巴露出了水面。"该死的骗子，"他骂道，"该被诅咒的骗子。"

他气疯了，非常勇敢。他用中国话说了些什么，其他人开始从船尾下到海水中。

"好啦，"我对埃迪说，"起锚。"

当我们朝外海开去时，月亮开始升起，你能看见那群中国人的脑袋露出水面朝岸边移动，能看见那片沙滩上的光泽，还有沙滩后面的灌木丛。

　　船驶过礁石丛后我回头望了一眼，看见那片海滩和那道山脉正开始发白。然后我让船驶上了去基韦斯特的航道。

　　"这下你可以睡一会儿了，"我对埃迪说，"不，等等，到下面去打开所有舷窗，散散臭气，再给我拿瓶碘酒来。"

　　"你怎么了？"他拿回碘酒时问我。

　　"手指割伤了。"

　　"你想让我掌舵吗？"

　　"去睡一觉吧，"我说，"我会叫醒你的。"

　　他在驾驶舱油箱上方的嵌入式铺位躺下，不一会儿就睡着了。

第五章

　　我用膝盖抵住舵轮，解开衬衫看被孙先生咬伤的那个地方。那一口咬得可真狠，我往伤口上涂了些碘酒，然后坐下来驾船，心中暗想被一个中国人咬了会不会中毒。听着马达平稳地轰鸣，听着船头划破海水的声音，我想明白了，见鬼，被那样咬一口不可能中毒，像孙先生那样的人一天可能要刷两三次牙。了不起的孙先生。他肯定不是个很精明的生意人。兴许他挺棒。兴许他只是相信我。告诉你们吧，我真把他捉摸不透。

　　唉，现在一切都很简单，只有埃迪是个麻烦。因为他是个酒鬼，酒一喝多就会胡说八道。我坐在那儿，把住舵，看着他，心想，见鬼，他要是就这样死了该有多好，那样我就没事了。先前发现他回到船上时，我曾决定要干掉他，但后来一切都进行得非常顺利，我也就没了杀他的心思。现在看着他躺在那儿，这又勾起了我杀他的念头。但转念一想，又觉得没理由杀他，你不能做那种让你追悔莫及的事情。随后我又想到，他甚至都不在船员名单上，带他入关我还得掏腰包交罚款，我真不知道该拿他咋办。

　　好吧，我还有足够的时间来考虑这事，我沿着航道继续行驶，隔一会儿就抓起埃迪带上船的酒瓶喝上一口。那瓶里没剩多少酒，喝完那瓶之后，我打开了我藏在船上的仅有一瓶。告诉你吧，我觉得这样驾船非常惬意，那是个非常适宜过海峡的夜晚。虽说这次出海在很多时候看起来都挺糟糕，但结果看来还的确是趟不错的旅行。

天亮的时候埃迪醒了。他说自己感觉很糟糕。

"来把会儿舵吧，"我说，"我得到甲板上看看。"

我来到船尾，往甲板上泼了些水。不过甲板已非常干净，我用刷子把船缘刷了一遍。然后我退出两支长枪枪膛里的子弹，把它们放回底舱。但我仍然把那支手枪别在腰间。底舱空气如我希望的那样新鲜，根本没有臭味。只是有海水从右侧舷窗溅进来弄湿了一个铺位，于是我关上了所有的舷窗。现在，这世界上没有任何海关官员能在这里闻出中国佬的气味。

在航船执照镜框下边的网兜里，我看见了那叠结关单据，那是我昨天上船时塞在那里的。我抽出单据翻看了一下，然后来到了驾驶舱。

"听着，"我问埃迪，"你怎么会在船员名单上？"

"那天经纪人去领事馆时被我给撞上了，我跟他说我也要走。"

"上帝总会关照酒鬼。"我对他说，一边把腰间的手枪塞回到床垫下面。

我去底舱煮了壶咖啡，然后回到驾驶舱接过了舵轮。

"下边有咖啡。"我告诉埃迪。

"老兄，喝咖啡对我没半点好处。"你要知道，你只能替他感到难过。他看上去的确非常糟糕。

九点钟光景，我们望见了沙岛灯塔，就在我们正前方。天亮之后我们一直看见有油轮从墨西哥湾驶出。

"再有两三个小时我们就该进港了，"我对埃迪说，"我打算一天付你四美元，就像约翰逊先生给你的那么多。"

"昨晚你收了多少钱？"他问我。

"只有六百。"我告诉他。我不知道他是否相信我的话。

"那里边就没有我的份儿？"

"给你的就是你的份儿，"我告诉他说，"就是我刚才说的那么多，你要把昨晚的事说出去，我总会听到的，那我就会干掉你。"

"你知道，哈里，我可不是告密者。"

"你是个酒鬼。但只要不把昨晚的事说出去，你干多少蠢事都行。要是你多嘴，我会说到做到的。"

"我可是个好人，你不该这样对我说话。"

"他们可没法保证把你当好人。"我对他说。不过我对他已不再担心，因为谁会相信他呢？孙先生不会出来鸣冤喊屈。那些中国佬也不会。你要知道，替他们划船那个古巴小伙子更不会。他绝不想给自己招惹麻烦。也许埃迪迟早会说走嘴，但谁会相信一个酒鬼呢？

嗨，谁又能提供什么证据呢？当然，如果有人发现他名字在船员名单上，会生出许多说法。但船员名单上有他的名字对我来说倒的确是幸运。我本来可以说他坠海身亡了，但那会引起更多说法。埃迪也很幸运。的确非常幸运。

这时我们已到达洋流边缘，海水不再发蓝，变成了清亮的淡绿色。再往海岸行驶，我已能望见东西两干礁上的标桩、基韦斯特的那些天线杆、从周围那些低矮房屋中高高耸起的拉康查酒店，还有烧垃圾产生的大量烟雾。此时沙岛灯塔已离得很近，你可以看到灯塔旁边的船库和那个小码头。我知道现在离岸边只有四十分钟航程了。我感觉回家真好，这下我可有一大笔钱过这个夏天了。

"咱们来喝一杯怎么样，埃迪？"我对他说。

"啊，哈里，"他说，"我一直都知道你是我的朋友。"

那天晚上，我坐在客厅里抽着雪茄，喝着掺水的威士忌，听着收音机里格雷西·艾伦①的演唱。姑娘们看电影去了。我坐在那里，觉得昏昏欲睡，非常舒服。前边有人敲门，我妻子玛丽起身走到门边。她回来说："是那个酒鬼，埃迪·马歇尔。他说他得见见你。"

"叫他快滚，别让我赶他。"我对妻子说。

妻子回来坐下，我也依然翘腿坐着没动。朝窗外望去，我能看见弧光灯下的埃迪，他正和另一个他刚认识的酒鬼顺着马路离去。两人摇摇晃晃，被弧光灯拉长的身影摇晃得更厉害。

"可怜又可恨的酒鬼，"玛丽说，"我觉得酒鬼怪可怜的。"

"他是个幸运的酒鬼。"

"没有幸运的酒鬼，这你知道的，哈里。"玛丽说。

"对，"我说，"我想是没有。"

---

① 格雷西·艾伦（Gracie Allen, 1895—1964），美国歌舞、戏剧、电影演员，于20世纪20年代末开始走红。

第二部

哈里·摩根（秋）

第六章

　　他们摸黑穿越海峡，海面上西北风刮得很猛。太阳升起时，他看见一艘油轮从墨西哥湾南下，阳光映着高大的白色船体，在凛冽的晨风中，油轮看上去就像浮在海面上的高楼。这时他问身边那位黑人："我们这是在什么鬼地方？"

　　那黑人探头望了望。

　　"我看好像是在迈阿密这边。"

　　"你他妈的很清楚，我们不可能在迈阿密这边。"他对黑人说。

　　"我是说佛罗里达群岛上不会有那样的楼房。"

　　"我们一直都在朝沙岛行驶。"

　　"那我们得去看看。那或许就是美国海岸。"

　　过了一会儿，他看出那是艘油轮，不是楼房，又过了差不多一个小时，他望见了冒出海面的沙岛灯塔，笔直，细高，棕色，它就应该在那儿。

　　"把舵时你心中得有个数。"他对黑人说。

　　"我心中有数，"黑人说，"可这趟倒霉的差事让我心中不再有数了。"

　　"你那条腿怎么样？"

　　"一直都痛得厉害。"

"会没事的，"那人说，"你让伤口保持干净，包扎好，它自己就会好起来的。"

这时他正驾船向西行驶，打算把船开进女人礁附近的红树林中躲上一天，在那里他不会看到任何人，只等那条船来那里与他们交接。

"你会好起来的。"他对黑人说。

"我不知道，"黑人说，"我痛得厉害。"

"到了那地方我会照料你的，"他对黑人说，"你的伤不重，别担心。"

"我挨枪子儿了，"黑人说，"以前我从没挨过枪子儿。不管怎么说，我挨了枪子儿就很糟糕。"

"你只是吓坏了。"

"不，先生。我挨了枪子儿。我痛得厉害。我都痛了整整一夜了。"

那个黑人就这样不停抱怨，还忍不住要解开绷带去看伤口。

"别去碰伤口。"把舵那人告诉他。黑人躺在驾驶舱地板上，身边堆满了火腿形状的酒袋。他就躺在那些酒袋中间。他每动一下身子，袋子里都会发出碎玻璃的声响，船舱里弥漫着酒味，溢出的酒液流满一地。那人正驾船驶向女人礁。此时那个地方已清晰可见。

"我痛，"黑人说，"我一直都痛得要命。"

"对不起，韦斯利，"那人说，"可我得把舵驾船。"

"你对人差不多就像对一条狗。"黑人开始变得暴躁。但那人还一个劲儿地向他道歉。

"我会让你好起来的，韦斯利，"他说，"你现就安安静静地躺着吧。"

"你并不在乎别人怎么样了，"黑人说，"你简直不是人。"

"我会好好照料你的，"那人说，"你这会儿只消安静。"

"你不会管我的。"黑人对那个人说。那个人名叫哈里·摩根，这下他开始一声不吭，因为他喜欢那个黑人，现在说什么都会伤害他，而他并不想伤害他。黑人继续抱怨。

"他们开枪那会儿咱们干吗不停船？"

哈里没吭声。

"一条命就不比一船酒值钱？"

哈里全神贯注地驾船。

"当时我们只能停船，让他们把这些酒搬走。"

"不，"哈里说，"他们会搬走酒，扣下船，再把你送进监狱。"

"蹲监狱我不在乎，"黑人说，"可我就不想挨枪子儿。"

这时那黑人更加烦躁，哈里听够了他的抱怨。

"他妈的到底谁伤得更重？"哈里问，"是你还是我？"

"你伤得更重，"黑人说，"但我从没挨过枪子儿。我也没想到会挨枪子儿。我挣你这份钱可不是为了挨枪子儿。我可不想挨枪子儿。"

"别激动，韦斯利，"哈里说，"你这样大吵大嚷对你没好处。"

此时他们正在接近女人礁。船已驶入浅水区，当他把船驶进水道时，照在水面上的阳光令人眩目。黑人正开始神志不清，或者是因为受伤而变得虔诚；总之他一直在说个不停。

"现在干吗还要偷运私酒呢？"他说，"禁酒令已经结束。他们干吗还要跑这条航道呢？为什么不直接用渡船运酒呢？"

哈里正专心注视着水道。

"为什么人们不诚实，体面，不老老实实、体体面面地过日子呢？"

水面上炫目的阳光让人看不见海岸，但哈里看见了从岸边微微荡出的涟漪，于是他关掉引擎，用一只胳膊把舵调整方向，水道豁然变得宽阔，他把船慢慢开到红树林边，掉头把船尾朝向树林，然后松开了两个离合器。

"我可以把锚抛下去，"哈里说，"但没法起锚。"

"我更是没法动弹。"黑人说。

"你的确是糟透了。"哈里说。

哈里费了番功夫才解开锚绳，艰难地搬起那个小锚，将其抛入水中，但他抛得太急，锚绳放得太长，结果船身猛地摇晃，撞向红树林，连一些树枝都戳进了驾驶舱。他回到驾驶舱坐下，觉得舱里真是乱得惨不忍睹。

昨晚，在他包扎好黑人的腿伤，黑人也替他包扎好手臂之后，他一整夜都盯着罗盘，驾船急驶，天亮时才发现黑人躺在地板上的酒袋堆中，但他当时只顾着注视海面，观察罗盘，寻找沙岛灯塔的灯光，没来得及仔细观察舱内的情况。情况的确糟透了。

那黑人躺在地板上的酒袋子中间，两腿高高翘起。驾驶舱有八个被子弹打出的窟窿，挡风玻璃也被击碎。他不清楚有多少东西破损，舱里到处都是血，不是那黑人的，就是他自己的。但最糟糕的是，他此时觉得满舱都是酒味。所有东西都浸在酒液之中。此刻，小船静静地靠在红树林边，但他仍然觉得船在大海上行驶，毕竟他们在海湾里疾驰了一整夜。

"我下去煮点咖啡,"哈里对黑人说,"待会儿我再给你重新包扎一下。"

"我不想喝什么咖啡。"

"我想喝。"他告诉黑人。但他一下底舱就开始感到头晕,于是他又上了甲板。

"我想我们没有咖啡了。"他说。

"我想喝口水。"

"没问题。"

他从柳条罐里倒了杯水递给黑人。

"他们开枪的时候你为什么不停船?"黑人问。

"他们为什么要开枪?"哈里反问。

"我需要医生。"黑人对他说。

"我难道没为你做医生能做的一切吗?"

"医生会治好我的伤。"

"等那条船来了,你今晚就会有一个医生。"

"我不想等那没影的船。"

"好吧,"哈里说,"我这就把这些该死的酒扔掉。"

他开始扔那些酒袋子,可一只手干这活儿并不容易。一袋酒只有四十磅重,但他没扔多少就又感到头晕。他在驾驶舱坐下来,随之又躺了下去。

"你会累死的。"黑人说。

哈里静静地躺在驾驶舱里,头枕着一个酒袋。戳进驾驶舱的红树枝丫在他上方形成了一小片树荫。他能听见红树林上空的风声，仰望清冷的高空，可以看到北天飘着薄云。

他心想："这样吹风，谁也不会出海。他们不会冒着这场风来找我们的。"

"你认为他们会来吗？"黑人问。

"肯定会来，"哈里说，"干吗不来呢？"

"风刮得太猛了。"

"他们正在找咱们呢。"

"这么大的风他们不会来的。你干吗要骗我呢？"黑人说话时嘴巴几乎贴着酒袋。

"别担心，韦斯利。"哈里安慰道。

"别担心，哈里叫我别担心。"黑人继续说，"别担心。担心什么？担心像一条狗那样死去？你带我来这儿。你就得带我回去。"

"别担心。"哈里宽容地说。

"他们不会来了，"黑人说，"我知道他们不会来了。告诉你吧，我冷。告诉你吧，这又冷又痛叫我受不了。"

哈里坐了起来，感到一阵眩晕。黑人看着他单膝跪立，耷拉着的右胳膊不停地晃荡，他用左手把右手拉到双膝之间，然后凭借钉在舷墙上缘的支架把自己往上拉，直到双腿站起。他垂眼看了看黑人，右手仍夹在两腿之间。他在想，他以前没真正尝过痛的滋味。

他说："如果我保持挺直，挺直，就不会那么痛了。"

"让我给你弄根吊带把。"黑人说。

"我胳膊肘没法弯曲，"哈里说，"它完全僵硬了。"

"我们接下来咋办？"

"先把这些酒扔掉，"哈里对他说，"你能把身边的酒袋推过来吗，韦斯利？"

黑人试着想挪动一个酒袋，随之便呻吟着重新躺下。

"痛得那么厉害，韦斯利？"

"哦，天哪。"黑人呻吟道。

"你不会认为你挪一下酒袋就痛得那么厉害吧？"

"我挨枪子儿了，"黑人嚷道，"我没法动了。我挨了枪子儿，哈里还要我扔酒袋。"

"别担心。"

"你再叫我别担心我就要疯了。"

"别担心。"哈里平静地说。

黑人发出一声嚎叫，双手在甲板上摸来摸去，从舱口拦板下摸出一块油石。

"我要杀了你，"他喊道，"我要把你的心切掉。"

"用那块石头可不成，"哈里说，"放松，韦斯利。"

黑人把脸埋在一个酒袋上哭了起来。哈里继续慢慢地提起一个个酒袋，把它们扔进海里。

第七章

他正在往海里扔酒袋，忽然听到马达轰鸣的声音，抬头一看，见有条船刚绕过礁端，正顺着水道朝他们驶来。那条船船身是白色的，有浅黄色的舱房和挡风玻璃。

"来船了，"哈里说，"起来吧，韦斯利。"

"我起不来。"

"从现在起我得记住，"哈里说，"昨晚不是那么回事。"

"你就去记住吧，"黑人对他说，"可我照样什么都忘不了。"

这下他干得更快了，汗珠顺着脸往下淌，但他没有停下来去看那条顺着水道慢慢驶近的船，只顾用他没受伤的那只手拎起一个个酒袋，将它们扔进水中。

"挪挪身子。"他伸手拎起黑人头下那个酒袋扔了出去。黑人坐了起来。

"他们来了。"哈里说。这时那条船几乎就在他们正舷方。

"那是威利船长，"黑人说，"带着钓鱼客。"

在白船后甲板上，两个穿法兰绒衣戴白色布帽的男人坐在钓鱼座上，把着鱼竿在拖钓，一个戴毡帽穿风衣的老人在掌舵行船。白船几乎挨着他们的船停靠的红树林驶过。

"你怎么样啊，哈里？"白船驶过时老人冲这边喊道。哈里挥了挥他没受伤的那只手作为回答。白船驶过，两个正在钓鱼的人朝这边望了望，回头和老人说话。哈里听不见他们说些什么。

"他会在水道口掉头，然后再回来。"哈里对黑人说，说完他去底舱拿出一条毯子："让我把你盖起来吧。"

"是该把我盖起来了，只是他们仍然会闻到酒味。我们该怎么办？"

"威利这老家伙人不错，"哈里说，"进城后他会编个我们在这儿的理由。那些钓鱼的家伙不会找麻烦的。他们干吗要在乎我们呢？"

这时候哈里觉得非常虚弱。于是他在舵位上坐下来，把右臂紧紧地夹在两腿之间。他的膝盖在发抖，随着发抖，他能感觉到上臂骨节端在互相摩擦。他松开膝盖，抽出那条胳膊，任其耷拉在身边。他坐在那里，手臂耷拉着，这时候白船已经从他们跟前驶过，顺着水道离去。坐在钓鱼座上的两个人正在交谈。他们已收起钓鱼竿，其中一个人正用望远镜在观察哈里。两船离得太远，哈里听不到他们在说什么。即便能听到也帮不上他什么忙。

礁岛外的海面风急浪高，所以"南佛罗里达号"包租船只好绕着女人礁顺着水道拖钓，此时威利·亚当斯船长心中在想，这么说哈里昨晚穿越了海峡。那家伙真有胆儿。他肯定经历了昨晚那场风暴。不错，那是条海船。可怎么会把挡风玻璃给弄碎了呢？昨晚我要是穿越海峡肯定会完蛋。我要是从古巴贩运私酒肯定会完蛋。他们现在是从马列尔①贩酒。据说都完全公开买卖了。

---

① 马列尔（Mariel），古巴西北部港市，是古巴的重要港口，在哈瓦那以西约45公里处。

"你说什么，先生？"

"那是条什么船？"坐在钓鱼座上的一个人问。

"那条船？"

"对，那条船。"

"哦，那是条基韦斯特的船。"

"我是问那是谁的船。"

"这我可不清楚，先生。"

"那船主是渔民吗？"

"这个，有人说他是。"

"你这话什么意思？"

"他什么事都做点儿。"

"你不知道他姓甚名谁？"

"不知道，先生。"

"你刚才叫他哈里。"

"我可没那样叫。"

"我听见你叫他哈里。"

威利·亚当斯船长仔细看了看正在跟他说话的那人。他看清了白色帆布帽下那张红润的脸，高颧骨、薄嘴唇、深陷的灰色眼睛，还有正轻蔑地冲他抽搐的嘴角。

"那我肯定是叫错了。"威利船长说。

"你可以看出那个人受了伤，博士。"说话那人边说边把望远镜递给他的同伴。

"我不用望远镜也能看见，"那个被称作博士的人说，"那人是谁？"

"我不知道。"威利船长说。

"噢，你会知道的，"那个嘴角露出轻蔑的人说，"把船头的船号记下来。"

"我记下了，博士。"

"我们掉头去看看。"博士说。

"你是医生？"威利船长问。

"不是医生，是博士①。"灰眼睛男人告诉船长。

"既然你不是医生，我就用不着掉头去那边了。"

"为什么？"

"要是他需要我们，他会给我们发信号。要是他并不需要我们，我们和他就不相干。这里的人都只在乎自己的事。"

"那好，想来你也会在乎自己的事。送我们去那条船。"

威利船长让船继续顺着原来的水道行驶，帕尔默双缸发动机发出平稳的轰鸣声。

"你没听见我说话？"

"听见了，先生。"

"那你干吗不听我的命令？"

"你他妈的以为你是谁？"

"我是谁并不重要。照我说的做。"

"你以为自己是谁？"

"好吧。就让你长长见识，我是当今美国最重要的三个人之一。"

---

① 医生、博士在英语中都用一个单词（doctor）表示。

"那你他妈的来基韦斯特干啥？"

另一个人探过身来，郑重其事地说："他是弗雷德里克·哈里森。"

"从没听说过。"威利船长说。

"好吧，你会听说的，"弗雷德里克·哈里森说，"如果这事我不得不连根挖的话，这座小城的每个人都会听说我，这座臭气冲天的小城。"

"你真是个好人，"威利船长说，"你怎么会这么重要？"

"他是政府中最重要的人物之一。"另一个人说。

"呸！"威利船长说，"要是他那么重要，他来基韦斯特干啥？"

"他只是来这儿休假，"秘书解释道，"他马上就要当……"

"够了，威利斯，"弗雷德里克·哈里森喝住秘书，然后笑眯眯地对威利船长说，"现在请送我们去那条船吧。"他那脸笑容就是专为这种场合用的。

"不，先生。"

"听着，你这个打鱼的蠢货，我会让你活得生不如死……"

"我等着。"威利船长说。

"你不知道我是谁。"

"你是谁对我毫无意义。"威利船长说。

"那人是个走私犯，不是吗？"

"你怎么认为？"

"或许正有笔赏金在缉拿他呢。"

"我不相信。"

"他是个不法分子。"

"他有一大家人，他得吃饭，得养活家人。你们这些好吃懒做的家伙靠谁养活，难道不是基韦斯特这些普通人，这些为政府干一周活才挣六七美元的人？"

"他受伤了。这说明他碰上了麻烦。"

"除非他开枪打自己取乐。"

"快收起你的俏皮话，给我掉头去那条船。我要逮捕那个人，扣下那条船。"

"扣在哪儿？"

"基韦斯特。"

"你是执法官吗？"

"我给你说过他是谁。"那位秘书说。

"好吧。"威利船长说。他猛打舵盘，调转船头，船离水道边缘太近，螺旋桨搅起一大圈泥浆。白船顺着水道驶向停在红树林边的另一条船。

"你这船上有枪吗？"弗雷德里克·哈里森问威利船长。

"没有，先生。"

这时那两个穿法兰绒衣服的人站了起来，盯着红树林边的那条船。

"这比钓鱼还有趣，嗯，博士？"那位秘书说。

"钓鱼就是胡闹，"弗雷德里克·哈里森说，"如果你钓到一条旗鱼，你会怎么做？你又不能吃鱼肉。这才真有意思。我很高兴亲自发现这条船。那个人受了伤，无法逃脱。海上风浪太大。我们又记下了他的船号。"

"你这可真是单枪匹马抓逃犯。"秘书恭维道。

"也算得上赤手空拳。"弗雷德里克·哈里森说。

"而且还没有联邦调查局那帮家伙插手呢。"秘书说。

胡佛[①]的盛名多半都是吹出来的，弗雷德里克·哈里森说，"我觉得我们对他也太放任了。靠边停船。"他对威利船长说。威利船长松开离合器，让船随波漂流。

"嗨，"威利船长冲对面那条船高喊，"你们都低下头。"

"你喊什么？"哈里森大怒。

"住口，"威利船长回怼道，然后又冲那条船高喊，"嗨，听着，回城去，放松一点。别管船了。他们会扣下你的船，倒掉货后拖回城去。我船上有个从华盛顿来的什么大人物。他说他比总统还牛。他要逮捕你。他认为你是个走私犯。他记下了你的船号。我从没见过你，所以我不知道你是谁，也没法指认你……"

白船已开始漂远。威利船长继续高声喊道："我不知道撞上你的这地方是啥地方。我也不知道该怎样回到这里。"

"知道了。"那条船上传出一声回答。

"天黑前我都会带着这位大人物钓鱼。"威利船长高声喊道。

"知道了。"

"这家伙喜欢钓鱼，"威利船长继续喊，嗓子几乎都喊破了，"可这狗娘养的说钓的鱼不能吃。"

"谢谢，兄弟。"哈里的声音远远传来。

"那家伙是你兄弟？"弗雷德里克·哈里森问，这时候他满脸

---

① 约翰·埃德加·胡佛（John Edgar Hoover，1895—1972），美国政府官员，曾担任美国联邦调查局局长长达48年（1924—1972）。

涨得通红，可仍然压不住心中的好奇。

"不是，先生，"威利船长说，"我们跑船的人彼此都称兄道弟。"

"我们回基韦斯特去。"弗雷德里克·哈里森说，不过说这话时他已没剩下多少自信。

"不，先生，"威利船长说，"先生们租的是一天时间，我不能看着你们白白花钱。你管我叫蠢货，但我清楚你们租的是一整天。"

"送我们去基韦斯特。"哈里森说。

"好的，先生，"威利船长说，"稍后就送。不过你先听我说，旗鱼和无鳔石首鱼一样好吃。我们过去常卖那种鱼，和无鳔石首鱼一样，在哈瓦那市场上每磅旗鱼能卖到十美分。"

"呃，够了。"弗雷德里克·哈里森说。

"我还以为作为政府官员，你会对这些事感兴趣呢。你不会连我们填肚子之类的东西价格都搞不清楚吧？不会吧？让这些东西的价格居高不下。让粗面粉的价格比猪肉还高？"

"呃，闭嘴。"哈里森说。

第八章

哈里把船上最后一袋酒扔进水里。

"把鱼刀递给我。"他对黑人说。

"刀不见了。"

哈里摁下电动起动器，启动了两台发动机。给船装第二台发动机是在他重操旧业又开始偷运私酒的时候，当时经济大萧条使以出租钓鱼船为生难以为继。他用左手操起短柄斧，砍断了系在缆柱上的锚索。他想，锚会沉到水底的，等他们来打捞酒袋时会把锚也给捞上来。我要先把船开进加里森湾，这船他们可是想扣就扣。我得去看医生。这条胳膊和这条船我都不想失去。这些酒和这条船一样值钱。打碎的酒并不太多。其实只打碎几瓶就会弄得满船都是酒味。

他推上左舷离合器，借着潮水势头把船从红树林中开出。发动机平稳运转。威利船长那条船已在两英里外，正往波卡格兰德港方向行驶。哈里心想，我觉得现在潮水已够高，足以让船穿过潟湖区靠岸。

他推上右舷离合器，调整了一下节流杠，两台发动机开始轰鸣。他能感觉到船头高高翘起，绿色的红树林在船舷边飞速滑过，其根部在船劈开水的那一刻也露了出来。哈里心想，我希望他们别弄走我的船，希望他们能治好我的胳膊。在马列尔公开来往六个月之后，我怎么能想到他们会朝我们开枪呢？那就是古巴人的待客之道。某人没向某人付钱，结果我们挨了枪子儿。好吧，那就是古巴人。

"嘿，韦斯利，"他回头望着身裹毯子躺在驾驶舱的黑人，"你感觉怎样？"

"糟透了，"韦斯利说，"我觉得糟得不能再糟了。"

"等那个老医生给你诊治时，你就会觉得更糟。"哈里告诉他。

"你真不是人，"黑人说，"你就没有人的感觉。"

威利那老家伙人真不错，哈里心想。不错的家伙就该是老威利。我们赶回来真比在那儿死等更好。在那儿死等真傻。我当时头晕恶心得太厉害，都没有主见了。

此时他已能望见白色的拉康查酒店，还有城里那些天线杆和低矮的房屋。他可以看到停靠在特兰波码头的汽车渡轮，他将在码头附近转向，前往加里森湾。那个老威利，他想，他这会儿正在教那些家伙吃苦头呢。也不知那些贪婪的家伙什么来头。该死，我现在感觉不这么糟糕就好了。我感到头晕。我们回来对了。我们不该在那儿死等。

"哈里先生，"这时黑人说，"真对不起，我没能帮你扔那些酒袋。"

"见鬼，"哈里说，"没有哪个黑人挨了枪子儿还能这样挺住。你真是个不错的黑人，韦斯利。"

在马达强劲的轰鸣声中，在船头劈开波涛的哗哗声中，哈里感到心中有一种莫可名状的空虚感。每次旅行结束返家时，他心里都会有这种感觉。我希望他们能治好我这条胳膊，他心中暗想，我还要用这条胳膊做好多事呢。

第三部

哈里・摩根（冬）

第九章

阿伯特的陈述

当时我们都在弗雷迪酒吧，这位瘦高个儿律师进来问："胡安在哪儿？"

"他还没回来。"有人回答。

"我知道他回来了，我必须见他。"

"当然，你向他们通风报信，让他吃上了官司，现在又想来为他辩护，"哈里说，"别来这儿打听他的下落。你兴许把他给抓在手心里了。"

"你别胡说八道，"律师说，"我给他找了份活儿干。"

"好啊，去别处找他吧，"哈里说，"他不在这儿。"

"我告诉你，我给他找了份工作。"律师说。

"你才不会给谁找什么工作呢。你真叫人恶心。"

这时候那个披着一头灰色长发的老人进来了，他是对面专卖橡胶制品的。他进来后要买四分之一品脱酒，弗雷迪把酒倒给他，他塞紧瓶塞，然后拎上酒匆匆过街回去了。

"你胳膊怎么啦？"这时律师问哈里。哈里的一条衣袖别在肩膊上。

"我讨厌它的模样，就把它给砍了。"哈里告诉他。

"是别人和你一道砍的吧？"

"是一个医生和我一道砍的。"哈里说。他先前一直在喝酒，这会儿已经有点儿醉了。"我伸着胳膊不动，他就把它给砍掉了。要是他们截肢是因为瞅着人家的口袋，你的胳膊腿儿恐怕也早就没了。"

"出了什么事，非得把它给砍掉呢？"律师问哈里。

"别着急呀。"哈里告诉他。

"我不着急，我只是想问你。这胳膊出了什么事，当时你在什么地方。"

"去烦别人吧，"哈里对他说，"你知道当时我在那儿，也知道出了什么事。闭上你的臭嘴吧，别再烦我。"

"我有事要给你说。"律师告诉他。

"那就说呗。"

"不，去后边说。"

"我不想听你说什么。你这狗嘴里吐不出象牙。你令人恶心。"

"我给你弄到一些消息，好消息。"

"那好，我就听你一回，"哈里对他说，"什么消息？关于胡安？"

"不，和胡安没关系。"

他俩进了酒吧后面的隔间，在那儿谈了好一阵。他们在隔间谈话的时候，老卢谢的女儿和那个经常在这周围闲逛的姑娘一道进来了。她们坐上吧台，各自要了杯可乐。

弗雷迪对老卢谢的女儿说:"他们告诉我,晚上六点后他们就不允许姑娘上街了,也不允许姑娘进任何酒吧。"

"那是他们说的。"

"这座小城越来越叫人受不了,"弗雷迪说,"真叫人受不了。你出门去买块三明治或买瓶可口可乐都会被逮捕,他们还要罚你十五美元。"

"现在他们啥都要管,"老卢谢的女儿说,"任何形式的消遣娱乐,任何令人振奋的前景。"

"要是这小城不很快发生点什么改变,情况会变得非常糟糕。"

这时候哈里和律师出来了,律师说:"这么说你会过去一趟?"

"干吗不领他们来这儿?"

"不行,他们不愿进酒吧。去趟那边吧。"

"好吧。"哈里说着话靠上吧台,律师出了酒吧。

"想喝点什么,阿伯特?"哈里问我。

"巴卡蒂①。"

"弗雷迪,给我们来两杯巴卡蒂,"然后他掉头问我,"最近都在干啥,阿伯特?"

"干点领救济金的活儿。"

"什么活儿?"

"在大街上挖沟。翻修旧电车轨道。"

"能挣多少?"

"七块五毛钱。"

---

① 一种古巴生产的朗姆酒,又译作"百加得"。

"每周？"

"你说呢？"

"你在这儿都喝些什么酒？"

"你请我喝酒之前我没喝酒。"我告诉他。他朝我身边靠了靠："想出去跑一趟吗？"

"那得看跑什么。"

"咱们来合计合计。"

"好啊。"

"出去到车上说，"他说，"再见，弗雷迪。"他喝酒后出气有点儿急促，我顺着被刨开的大街往前走，我们就在这大街上干了一天活儿。他的车就停在那条街的拐角。"上车。"他说。

"我们去哪儿？"我问他。

"我也不知道，"他说，"我得去找那地儿。"

我们沿着怀特黑德街行驶。他开车时一声没吭，在那条街的尽头车往左拐，穿过市区尽头上了怀特路，然后一路开到海滩。一路上哈里什么也没说，我们拐上了砂路，沿着砂路到了林荫大道，他把车开到林荫大道路边，然后停了下来。

"有外国佬想租我的船跑一趟。"这时他开了口。

"你的船不是被海关扣了吗？"

"那些外国佬不知道这事。"

"怎么个跑法？"

"他们说想带什么人去古巴做什么生意，那人必须得去，但又不能乘飞机或渡轮。蜜蜂嘴是这样跟我说的。"

"他们做那种生意？"

"肯定是的。革命开始以来就是。听上去挺不错。很多人都走了那条路。"

"那船怎么办？"

"我们得把船偷出来。你知道，他们没把船修好，所以我还开不了。"

"那怎么把船弄出船库呢？"

"我会有办法。"

"到时候我们咋回来呢？"

"这我还得想想。你要是不想去，明说好了。"

"只要能挣到钱，我巴不得马上就去。"

"听着，"他说，"你现在每星期挣七块五毛。你让三个上学的孩子中午挨饿。你有一大家人吃不饱肚子，所以我给你一个能弄点小钱的机会。"

"你还没说多少钱呢。人总得有钱才会去抓机会。"

"阿伯特，这年头任何机会都挣不了几个钱，"他说，"看看我。我过去整个渔季都带人出去钓鱼，每天挣三十五美元。现在我挨了枪子儿，丢了条胳膊，丢了我的船，还丢了和那条船值一样多钱的一船酒。但让我告诉你，我的孩子们不会挨饿，我也不会去为政府挖什么水沟，因为挣那点儿钱养不活他们。反正我现在不能去挖沟。我不知道法律是谁定的，但我知道绝没有你必须挨饿的法律。"

"我参加了罢工，要求涨工资。"我告诉他。

"完了你还得回来挖沟，"他说，"他们说你们罢工是反对慈善救济。可你一直都在干活儿，不是吗？你从来没请求过任何人施舍。"

"这年头找不到活儿干，"我说，"哪里都找不到可以养家糊口的活儿。"

"为什么？"

"我不知道。"

"我也不知道，"他说，"但只要人还要吃饭，我的家人就得有饭吃。他们现在想做的就是让你们这些穷人挨饿，饿得你们去别处求生，这样他们就可以烧掉这些棚屋，在上面修建公寓，把这座小城变成旅游胜地。这都是我听来的。我听说他们在大量买地，等这里的穷人饿得出走，去别的地方继续挨饿，他们就会涌过来，把这里建成一个漂亮的旅游风景区。"

"你说话像个激进分子。"我说。

"我可不是激进派，"他说，"我只是感到恼火。很久以来我一直都感到恼火。"

"丢了条胳膊肯定会叫人难受。"

"去他妈的胳膊吧。你丢了条胳膊就丢了条胳膊。可还有比丢掉一条胳膊更糟的事。你有两条胳膊，你有两个睾丸。而只有一条胳膊一个睾丸的男人仍然是男人。去他妈的胳膊吧。我不想谈这事了。"过了一会儿他又说："我那两个睾丸都完好无损。"然后他发动汽车，对我说："走吧，我们去见见这些家伙。"

我们沿着林荫大道行驶，微风迎面吹来，有几辆汽车驶过，水泥路面上散发着枯海草的气味，海草是被潮水冲过防波堤留在路面上的，哈里用左手在驾车。我的确一直都很喜欢哈里，从前我曾多次与他同船一道出海，但自从失去一条胳膊后他就变了，从华盛顿来观光的那家伙写了份证词，说他当时看见哈里的船在卸私酒，结果海关就把他的船给扣了。哈里在船上的时候感觉总是很好，现在没有了船，他感觉非常难受。我认为他很高兴有了个偷船的理由。他知道船偷出来也留不长，但兴许他可以在拥有船这段时间用它挣一笔钱。我太需要钱了，但我不想招惹什么麻烦。我对他说："你知道，哈里，我不想惹上任何真正的麻烦。"

"依你眼下的处境，你还能招惹什么更糟的麻烦呢？"他说，"有什么他妈的麻烦比挨饿更糟糕呢？"

"我不会挨饿的，"我说，"你他妈的怎么老对我说挨饿？"

"兴许你不会挨饿，但你的孩子们会。"

"打住吧，"我说，"我会和你一起干，但你不能用这种口气跟我说话。"

"好吧，"他说，"不过你得保证你想干这活儿。我在这城里能找到许多想干这活儿的人。"

"我干，我告诉你，我想干这活儿。"

"那就高兴点儿。"

"你也高兴点儿，"我说，"只有你说起话来像个激进分子。"

"哦，高兴点儿，"他说，"你们这些穷光蛋得有点儿胆量。"

"你什么时候就不是穷光蛋了？"

"从我第一次有好吃好喝的时候开始。"这时他说话的口气温和下来，的确，他从小到大就没有怜惜过别人，不过他对自己也从不怜惜。

"好吧。"我对他说。

"放松。"他说。这时我看见前方有房子透出灯光。

"我们就在这儿和那些家伙见面，"哈里说，"待会儿把嘴巴闭紧点。"

"你见鬼去吧。"

"呃，放松点儿。"哈里说着把车拐进岔道，绕到了那幢房子后面。他是条恶棍，口碑很不好，但我确实一直都喜欢他。

我们在房子后面停好车，从后门进入厨房，那家人的主妇正在灶台前忙乎。"你好，弗蕾达，"哈里招呼道，"蜜蜂嘴在哪儿？"

"他就在里边儿，哈里。你好，阿伯特。"

"你好，理查兹太太。"我回应道。理查兹太太还在丛林镇时我就认识她了，不过这城里最勤劳的已婚妇女过去大多都是妓女，而我告诉你，眼前这位主妇就是个最勤劳的已婚妇女。"你家里人都好吧？"她问我。

"他们都挺好的。"

我们穿过厨房进到里屋。律师蜜蜂嘴和四个古巴人坐在桌旁。

"请坐。"一个古巴人用英语说。他是个看上去很强硬的家伙，身板魁梧，脸盘宽大，嗓音低沉，你能看出他这会儿喝了不少酒。"你怎么称呼？"他问哈里。

"那你怎么称呼？"哈里反问。

"好吧，"那个古巴人说，"按你的规矩来。船在哪儿？"

"在游艇码头。"哈里回答。

"这人是谁？"那古巴人盯着我问他。

"我的助手。"哈里说。那古巴人盯着我看，其余三位则上上下下打量我俩。"他看上去像没吃饱似的。"那古巴人说完大笑。

另外三个古巴人则板着面孔。"想喝一杯吗？"

"好啊。"哈里说。

"喝什么？巴卡蒂？"

"你们喝啥我就喝啥。"哈里对他说。

"我也来一杯。"我说。

"还没人问你呢，"那个大块头古巴人说，"我只是问他要不要喝酒。"

"够了，罗伯托，"一个比孩子大不了多少的年轻古巴人说，"你做点儿事就必须得招人嫌吗？"

"你说招人嫌是什么意思？你雇人做事就不问问他喝不喝酒？"

"给他来一杯，"另一个古巴人说，"让我们谈正事吧。"

"租这船你要多少钱，大家伙？"叫罗伯托的那位古巴人用低沉的嗓音问哈里。

"这得看你们要用船来干啥。"哈里说。

"送我们四人去古巴。"

"去古巴什么地方？"

"卡瓦尼亚斯。卡瓦尼亚斯附近。靠近马列尔。你知道在哪儿吗？"

"当然，"哈里说，"只把你们送到那儿就成？"

"对，送到那儿就成，送我们上岸。"

"三百美元。"

"太多了。要是我们按天租船，租两个星期该多少？"

"四十美元一天，可要是船出了事，你们得赔一千五百美元。

需要我清关吗？"

"不用。"

"你们付油钱。"哈里告诉他们。

"我们给你两百美元，送我们过去，让我们上岸。"

"不行。"

"你要多少？"

"我告诉过你。"

"那太多了。"

"不，一点儿不多，"哈里告诉他，"我不知道你们是谁。我不知道你们做啥营生。我也不知道谁在追杀你们。我得在这大冬天里过两趟海峡。怎么说我也是在拿我的船冒险。我可以收两百块把你们送过去，可你们得拿出一千美元担保这船不会出事。"

"这个价公道，"蜜蜂嘴对他们说，"再公道不过了。"

那些古巴人开始用西班牙语交谈。我听不懂他们说些什么，但我知道哈里能听懂。

"好吧，"大个头罗伯托说，"你什么时候能动身？"

"明晚任何时候。"

"说不定我们要后晚再走。"他们中的一人说。

"这对我来说没问题，"哈里说，"只消让我知道时间就行了。"

"你那条船状况还好吧？"

"当然。"哈里说。

"那看上去是条不错的船。"那个年轻的古巴人说。

"你在哪儿见过那船？"

"西蒙斯先生，就是这位律师，指给我看过。"

"哦。"哈里说。

"来喝一杯吧,"另一位古巴人说,"你经常去古巴?"

"去过几次。"

"会讲西班牙语?"

"从没学过。"哈里回答。

我看见律师蜜蜂嘴瞥了哈里一眼,不过蜜蜂嘴自己就很奸诈,所以他通常也乐意看见别人不说实话。就像他来酒吧跟哈里谈这笔生意时那样,他不跟他直说。而非得借口说他想找胡安·罗德里格斯,那个又穷又臭的加利西亚人,那个连他亲妈的东西也要偷的家伙,蜜蜂嘴让他因这事又吃上了官司,这样他就能出面为他辩护。

"西蒙斯先生的西班牙语讲得很好。"那个古巴人说。

"他受过教育。"

"你会驾船吗?"

"我能过去,我也能回来。"

"你是渔民?"

"是的,先生。"哈里说。

"你一只手怎么捕鱼?"那个脸盘宽大的古巴人问。

"只需出手更快就行,"哈里说,"你还想问我别的事吗?"

"不。"

那群人开始用西班牙语交谈。"那么我走了。"哈里说。

"我会告诉你船的情况。"蜜蜂嘴对哈里说。

"必须先给点儿钱。"哈里说。

"钱的事我们明天再谈。"

"那好，晚安。"哈里对众人说。

"晚安。"那个说话和气的年轻人说。那个脸盘宽大的家伙没吭声。另外两个长得像印第安人的家伙也一直没回应，只是用西班牙语同那个大脸盘的家伙在嘀咕些什么。

"我们回头再谈。"蜜蜂嘴对哈里说。

"在哪儿？"

"弗雷迪酒吧。"

我们出了里屋，再次穿过厨房，弗蕾达问："玛丽好吗，哈里。"

"她很好，"哈里回答，"她现在感觉很好。"我们出了门，上了车，哈里把车拐回林荫大道。他好久都没吭声，肯定是在思考事情。

"要我送你回家吗？"

"好的。"

"你现在住县道那边？"

"是的。这趟生意会怎么样？"

"我不知道，"他说，"我不知道会不会有这趟生意。明天见。"

他把我送到家门口。我下了汽车，还没进门就听见了我老婆的骂声，骂我在外面闲逛喝酒，这么晚才回家吃饭。我问她我没钱怎么喝酒，她说我肯定是赊账了。我问她，我在干领救济金的活儿，她认为谁会赊账给我。她叫我坐到桌边去，别把酒气喷在她脸上。于是我到桌边坐了下来。孩子们都去看棒球赛了。我坐在桌前，她端来晚饭，没跟我说话。

第十章

哈里的陈述

我不想铤而走险，但我还有别的路可走么？他们现在可不会让你有任何选择。我可以不跑这趟，但接下来又有什么可跑的呢？我没有去找这种事干，可要是你不得不干，你就必须干。兴许我不该带阿伯特去。他笨头笨脑，但人很老实，是个不错的水手，遇事不太容易惊慌失措，可我还是吃不准该不该带上他。不过我再不能带上个酒鬼或者黑人了。我必须带上个我可以信赖的人。如果我们得手，我会保证他得到一份。但我不能告诉他我的打算，不然他就不会跟我去了，而我身边又必须得有个人。这种事最好是一个人干，任何事一个人干都更好，但眼下这事，虽说一个人干更好，但我认为自己单枪匹马没法应付。阿伯特对此不知情对他会更好。唯一的麻烦是蜜蜂嘴。蜜蜂嘴会知道一切。古巴人肯定也想到了这点。他们肯定仔细考虑过这点。你以为蜜蜂嘴就那么笨，就不知道那些古巴人要干什么？对此我感到疑惑。当然，那也许并不是他们打算要干的。也许他们并不会干任何那样的事情。但他们干那种事也很正常，我听到过那个字眼。他们如果真要干，就必须等它关门的时候动手，否则就会遇上从迈阿密来的海岸警卫队的飞机。现在六点天就黑了。飞机一个小时内飞不过来。只要天黑他们就没事了。好吧，如果我要送他们过去，首先就得解决船的问题。把船弄出来并不难，但如果今晚就弄出来，他们发现船丢了也许就会四处寻找，这无论如何都会引起一场骚动。不过今晚是我弄船的唯一时机。我可以趁涨潮时下手，得手后把船藏起来。这样我就可以弄清楚船上都需要些什么，他们是否拆掉了什么。我必须做的是加满油和淡水。今晚的确够我忙的。既然我不得不把船藏起来，那么阿伯特就必须用快艇把他们带来上船。快艇或许用沃尔顿那条。我可以去租，或者可以让蜜蜂嘴出面。那样更好。今晚蜜蜂嘴能帮我把船弄出来。蜜蜂嘴是个关键人物。因为毫无疑问，他们已经摸过蜜蜂嘴的底细。他们肯定已经摸过他的底细。要是他们也摸过我和阿伯特的底细呢？他们中有谁看起来像水手？他们中哪些人看上去像是水手？让我想想？那个和颜悦色的家伙，可能是他，那个年轻人。我必须弄清楚这点，因为要是他们从一开始就没想让阿伯特或我驾船过海，那这事就没戏了。他们迟早会算计我们。不过在海上你总会逮住机会。我翻来覆去地想这件事。我必须把方方面面都想周全。我不能犯错。不能犯错。一次也不行。唉，现在我的确有些事要好好想想。除了想知道到底会发生什么事，我还有一些事要做，还有一些事要想。要想清楚这整件该死的事会发生什么意外。一旦他们开始行动，一旦你自己卷入其中，一旦你获得一次机会，就不能眼睁睁看着事情搞砸，就不能弄得最后没有船谋生。那个蜜蜂嘴。他并不知道自己在干什么。他压根儿不知道事情将会是什么结果。我希望他尽快在弗雷迪酒吧露面。我今晚有好多事要做。我最好先去填饱肚子。

第十一章

九点半左右，蜜蜂嘴进了弗雷迪酒吧。你能看出他已经在理查德酒吧喝了不少，因为他喝了酒就会飘飘然，而他进来的时候就是飘飘然的。

"咳，大人物。"他招呼哈里。

"别叫我大人物。"哈里告诉他。

"我想跟你谈谈，大人物。"

"在哪儿谈？去你后边的办公室？"哈里问他。

"对，就去那儿。弗雷迪，后边有人吗？"

"禁令发布之后那儿就没人了。我说，那个六点后宵禁他们还要搞多久？"

"你干吗不聘我这个律师出面去说说这事？"

"你见鬼去吧。"弗雷迪冲他说。然后哈里和他就去了后边堆有木箱和空酒瓶的隔间。

一盏吊灯从隔间天花板上垂下，哈里看了看那几排黑洞洞的雅座，发现的确没人。

"你说吧。"哈里开口道。

"他们想明天下午晚些什么时候干那事。"蜜蜂嘴说。

"他们要干啥事？"

"你听得懂西班牙语。"蜜蜂嘴说。

"你没把这告诉他们吧？"

"没有。我是你朋友。你知道的。"

"你是个连亲妈都会出卖的家伙。"

"住嘴！看我会让你知道些什么。"

"你啥时候变得这么硬气了？"

"听着，我需要钱。我必须离开这个地方。我在这儿已感到精疲力竭。你知道的，哈里。"

"这谁不知道？"

"你知道他们是怎样为这场革命筹钱吗？一直都靠干绑票之类的事。"

"我知道。"

"这次要干的也差不多。他们干这种事是为了一种有益的事业。"

"是呀。可他们要在这儿干。这儿可是你出生的地方。在这儿干活儿的人你都认识。"

"不会伤着什么人的。"

"跟着那些家伙干也不会？"

"我过去觉得你挺有胆儿的。"

"我过去有胆儿。你现在也不用担心我的胆量。只是我还打算继续在这儿过日子呢。"

"我不想在这儿待了。"蜜蜂嘴说。

天哪，哈里心想，他倒是不打自招。

"我要出去了，"蜜蜂嘴说，"你打算什么时候把船给弄出来？"

"今晚。"

"谁来帮你？"

"你呀。"

"你准备把船藏在哪儿？"

"我通常停船的地方。"

把船弄出来并没费多少事。这和哈里先前想的一样轻而易举。那个守夜人准点来巡逻一圈，其余时间都守在那个旧海军船坞的外门。他们乘小艇进入船库，趁退潮时解开那条船的缆绳，然后用快艇把船拖到海上。当船被快艇拖曳着漂流时，哈里检查了发动机，发现他们只是把分配器插头给拔掉了。他检查了一下汽油，发现差不多还有一百五十加仑。他们并没有抽出油箱里的油，上次过海峡剩的油都还在里面。他在上次出发前加满了油箱，但消耗并不多，因为那晚海上风急浪高，他们行船的速度很慢。

"我家里还有些油，"他告诉蜜蜂嘴，"如果需要，我可以用汽车带些过来，阿伯特也可以再带些。我打算把船停在那个小海湾，就是公路下方的那个。他们可以开车过来。"

"他们要你把船停在波特码头。"

"我怎么可能把这条船停在那里？"

"你是不能。但我认为他们也不会开车过来。"

"好吧，我们今晚就把船藏在那儿，等我把该做的事都做完后再换个地方。你可以租条快艇带他们出来。我现在必须把船藏在那儿。我还有很多事要做。你先把小艇开回去，然后开车到桥头接我。我大约两个小时后到桥头。我先藏好船，随后就上公路。"

"我会来接你。"蜜蜂嘴对他说。哈里减低速度，让船在水面缓缓行进，然后他转舵侧过船身，让拖在船后的小艇靠拢锚灯闪亮的位置。他松开离合器，伸手抓住小艇船缘，让蜜蜂嘴上了小艇。

"大约两小时。"他说。

"好的。"蜜蜂嘴说。

坐在舵位上，避开码头前端投来的灯光，让船在黑暗中缓慢行进，哈里心想，蜜蜂嘴正在为钱做某事。真不知道他以为他会弄到多少钱？真不知道他是怎样和那些家伙混在一起的。有个聪明的家伙曾有过一次绝好的机会。那家伙也是个精明的律师。但听到他自己说自己精明，我感到不寒而栗。他的确爱自吹自擂。真是可笑，一个男人怎么会自吹自擂呢？当我听到他吹嘘自己时，我感到害怕。

第十二章

他进屋时没有开灯，在门厅脱掉鞋，穿着袜子上了没铺地毯的楼梯。他脱下外套，穿着汗衫钻进被窝。这时妻子醒来了，在黑暗中喃喃道："哈里？"他说："睡吧，老婆。"

"哈里，出什么事了？"

"我要出去跑一趟。"

"和谁？"

"不和谁。也许和阿伯特。"

"谁的船？"

"我把船弄出来了。"

"什么时候？"

"今晚。"

"你会进监狱的，哈里。"

"这事谁也不知道。"

"船在哪儿？"

"藏起来了。"

躺在被窝里，他觉得她的嘴唇凑到了他脸上，在找他的嘴唇，接着她的手也摸了过来，他翻身把她搂紧。

"你想要吗？"

"想，现在就要。"

"我刚才睡着了。你还记得那次我们在梦中做爱吗？"

"听我说，你不会在意这条断胳膊吧？它没让你感到别扭？"

"傻瓜。我喜欢它。凡是你的我都喜欢。把它搭过来吧。顺着这儿搭。再过来点儿。我喜欢它。真的。"

"它就像红海龟的鳍肢。"

"你可不是红海龟。红海龟交配一次真要三天吗？黑鸭做那事也要三天吗？"

"那是当然。听我说，咱们轻点儿声，别把姑娘们给弄醒了。"

"她们不懂我的感受。她们根本不懂。啊，哈里。就这样。哦，亲爱的。"

"等一下。"

"我不要等。再来。就这样。哦，就这样。我说，你真的和黑女人做过这种事吗？"

"当然。"

"什么滋味儿？"

"就像喂鲨鱼。"

"你真逗，哈里。我不想你去跑这趟。我不希望你总往外跑。你和谁做这种事做得最欢？"

"你呀。"

"撒谎。你总是骗我。好啦，好啦。"

"没骗你。你是最棒的。"

"我都老了。"

"你永远不会老。"

"我的那个都不来了。"

"那个来不来和女人好不好没有关系。"

"接着来。接着来呀。把胳膊放这儿。就这样。好，就这样。就这样。"

"我们弄得太响了。"

"那我们就小声点儿。"

"天亮之前我必须得走。"

"那你睡会儿吧。我会叫醒你。等你回来后我们有的是时间。我们去迈阿密住酒店，就像过去那样。就像我们过去常常做的那样。去某个他们绝不会看见咱们的地方。我们干吗不能去新奥尔良呢？"

"也许能去，"哈里说，"但听我说，玛丽，这会儿我得睡了。"

"我们能去新奥尔良？"

"干吗不能？只是我真要睡了。"

"睡吧。你是我的大宝贝儿。放心睡吧。我会叫醒你的。别担心。"

他睡着了，把那条断胳膊摊在枕头上，她躺在他身边久久地盯着他看。街灯透过窗户照在他脸上，她可以看清那张脸。我真幸运，她想。那些姑娘，她们不知道自己会得到什么，而我知道自己得到了什么，拥有什么。我一直都是个幸运的女人。他说他像只红海龟。我庆幸他丢掉的是一条胳膊，而不是一条腿。我不希望他丢掉一条腿。他为什么会丢掉那条胳膊呢？虽说这有点儿古怪，但我不在乎。关于他的任何事我都不会介意。我一直都是个幸运的女人。天下再没有像他这样的男人了。没遇过许多男人的女人不会知道这个。我遇见过许多男人。我真幸运终于有了他。你觉得海龟做那事也会有我们这样的感觉吗？你认为它们一直都会那样感觉吗？或者你认为做那事会对女人有伤害吗？我这真是在胡思乱想。看看他，睡得像个孩子。我最好别合眼，待会儿好叫醒他。天哪，只要男人就像他这样，我可以整晚都跟他做爱。我喜欢做爱，决不睡觉。决不，决不，永远不，永远不。好啦，就这样想想吧，好吗？在我这个年龄。我还不老。他说我依然很棒。四十五岁还算不上老。我比他大两岁。看看他睡觉吧。他睡在那儿就像个孩子。

天亮前两个小时，他俩进了车库，从油桶往有柳条编筐套护的瓦罐里倒油，然后塞好装满油的柳条罐，把它们搬进汽车后箱。哈里用皮带将一个钩子绑在那条断臂上，搬动那些罐子时显得很灵活。

"你不吃早饭就走？"

"回来再吃吧。"

"你不想喝杯咖啡？"

"你煮咖啡了？"

"当然，来车库前我就煮上了。"

"那就端来吧。"

她端来咖啡。他坐在驾驶室里摸黑把咖啡喝完。她接过杯子，把它放在车库的隔板上。

"我和你一起去，好帮你搬那些罐子。"她说。

"好吧。"他对她说。她上车在他身旁坐下。一个大个子女人，一个长腿大手宽臀的女人，一个依然好看的女人，一顶帽檐拉得很低的帽子遮住了她已开始褪色的金发。在清晨的黑暗和寒冷中，他们驱车驶上了县道，穿过笼罩着平地的薄雾向前行驶。

"你在担心什么，哈里？"

"我也不知道，只是有点儿担心。听我说，你是想把头发蓄长？"

"我想是的，女儿们总爱学我的样。"

"让她们见鬼去吧。你就保持这发型。"

"你真的希望我就这样。"

"对，"他说，"我就喜欢这样子。"

"你不觉得我看起来太老？"

"你看上去比她们谁都好看。"

"那我会把头发修剪好的。要是你喜欢，我可以把这金色弄得更浓一些。"

"姑娘们对你做什么怎么能说三道四呢？"哈里说，"她们没任何理由烦你。"

"你知道她们是怎么回事。你知道年轻姑娘都会那样。听我说，要是你这趟跑得顺，我们就去新奥尔良，好吗？"

"去迈阿密。"

"好吧，至少得去迈阿密。把姑娘们都留在家里。"

"我首先得好好跑一趟。"

"你不担心了，是吧？"

"不担心了。"

"你要知道，我睁着眼睛躺了四个小时，心里就想着你。"

"你真是个了不起的老婆。"

"我任何时候一想到你都会很兴奋。"

"好啦，我们得去给船加油了。"哈里对她说。

第十三章

上午十点，弗雷迪酒吧，哈里和另外四五个人背靠吧台站着，两个海关人员刚刚离开。他们刚才来向他询问那条船的情况，他说他对船的去向一无所知。

"昨晚你在哪儿？"一个海关人员问。

"先在这儿，然后在家里。"

"你在这儿待到多晚？"

"待到打烊。"

"有谁看见你在这儿？"

"好多人都看见了。"弗雷迪说。

"这叫啥事？"哈里问他们，"你们以为我偷了自己的船？我偷它来干啥？"

"我只是问你昨晚在哪儿，"那位海关关员说，"你用不着发火。"

"我没发火，"哈里说，"上回他们扣我的船，说我偷运私酒，但又没证据，那回我发火了。"

"那事可有份宣誓证词，"海关关员说，"不是我提供的。你知道那个提供证词的人。"

"的确如此，"哈里说，"只是别说我冲你问我就发火。我倒希望你们把船拴牢些。那样我还有机会把它给弄回来。要是船被偷了，我还有什么机会？"

"我想就没机会了。"那名海关关员说。

"好了，忙你们自己的事去吧。"哈里说。

"别这么大脾气，"那名海关关员说，"不然我会让你见识下什么叫脾气。"

"十五年后再说吧。"哈里说。

"十五年后你就没这么大脾气了。"

"对，我在监狱里也会没脾气。"

"呃，别不知天高地厚，不然你真会进去的。"

"放松点儿。"哈里说。就在这时候，那个开出租车的傻乎乎的古巴人进了酒吧，身后跟着一位刚下飞机的家伙。老罗杰招呼道："海祖斯，他们告诉我你有孩子了。"

"是的，先生。"海祖斯非常得意。

"你啥时候结的婚？"罗杰问他。

"上月。就是上月。你来参加婚礼了吧？"

"没有哇，"罗杰说，"我没来参加。"

"你可错过了一个大场合，"海祖斯说，"错过了一场非常精彩的婚礼。你干吗没来呢？"

"你没请我呀。"

"哦，是的，"海祖斯说，"我给忘了，我没请你……你想喝点儿什么吗？"他掉头问跟他进来的那个陌生人。

"是的，我想来一杯。你们这儿有最贵的那种巴卡蒂吗？"

"有啊，先生，"弗雷迪对他说，"那可是真正的名牌。"

"听我说，海祖斯，你凭什么认为那孩子是你的？"罗杰开口道，"那不是你的孩子。"

"不是我的孩子，你这是什么意思？天哪，我不许你胡说八道！不是我的孩子，你这是什么意思？你是买了头不下犊子的母牛吧？那是我的孩子。我的老天，那是我的孩子。那孩子是我的。是我的，先生。"

他说完便带着那个陌生人和一瓶巴卡蒂出了酒吧，罗杰的确是自讨没趣。而那个海祖斯也的确是个人物。他，还有另一个绰号叫糖水的古巴人。

这时候律师蜜蜂嘴进来了。他对哈里说："海关的人正在去拖你那条船。"

哈里盯着他。你能看到他脸上腾起一股杀气。蜜蜂嘴神情自若，不紧不慢地继续说："有人从海损赔偿公司的一辆卡车顶上看见了它在那片红树林里，然后从他们在博卡奇卡建造营地的地方给海关打来了电话。我刚才碰见赫尔曼·弗雷德里希斯。是他告诉我的。"

哈里没吭声，但你能看到那股杀气从他的脸上消失了，他的眼神又恢复了常态。然后他问蜜蜂嘴："你什么都听到了，是吗？"

"我想你乐意知道这情况。"蜜蜂嘴仍然不动声色。

"这事和我毫不相干，"哈里说，"他们本来就应该把船看管得更好。"

他俩站在吧台前，谁也没再说话。直到老罗杰和另外两三个人醉醺醺地离开酒吧，他们才进了后面的隔间。

"你真是个灾星，"哈里说，"什么事你一沾手就会出错。"

"别人发现了那条船也是我的错？是你自己挑的地方。你自己藏的船。"

"你给我闭嘴，"哈里说，"他们之前有过那么高的卡车吗？这是我挣一笔干净钱的最后机会，是我驾船出海挣钱的最后机会。"

"我可是事情一出就来告诉你了。"

"你简直就像只绿头苍蝇。"

"住嘴，"蜜蜂嘴说，"他们想今天下午晚些时候走。"

"他们到底在干什么？"

"反正有什么事让他们神经兮兮的。"

"那他们到底什么时间走？"

"五点。"

"我会弄到一条船。我要送他们下地狱。"

"这主意倒不赖。"

"现在别多嘴。别让你这张臭嘴坏了我的事。"

"听着，你这个杀人狂，我可是想要帮你，替你找……"

"你给我闭嘴，你干的所有事都是在害我，谁碰上你都得沾一身晦气。"

"住嘴，你这条恶棍。"

"好啦，放松，"哈里说，"我得好好想想。一直以来我就想把一件事想明白，现在我把它给想明白了。接下来我得想想另外一件事。"

"你干吗不让我帮你？"

"你十二点到这儿来，带上他们给的那笔租船的钱。"

他们走出隔间的时候，阿伯特冒了出来。他走到哈里跟前。

"对不起，阿伯特，我这次不能用你。"哈里对他说。他早已经拿定了这个主意。

"我要不了多少钱。"阿伯特说。

"很抱歉，"哈里说，"我现在不需要你了。"

"跑这趟你找不到比我更好的人了。"阿伯特说。

"我一个人跑这趟。"

"干这种事你一个人应付不过来。"阿伯特说。

"住嘴，"哈里说，"你对这事都知道些什么？难道他们告诉你我是搞慈善救济的？"

"见鬼去吧！"阿伯特说。

"也许我会去的。"哈里说。这时看见他的人都会看出，他正在专心想问题，不想被人打扰。

"我想跟你去。"阿伯特说。

"我真不能用你，"哈里说，"让我单独待一会儿，行吗？"

阿伯特离开了酒吧。哈里站在吧台前打量着那些大大小小的角子机和墙上那幅名为《卡斯特的最后一战》①的油画，仿佛他以前从没见过它们似的。

"关于那个孩子，海祖斯怼老罗杰那番话说得真妙，不是吗？"弗雷迪一边跟哈里说，一边把几个咖啡杯放进装有肥皂水的桶里。

_____

① "卡斯特的最后一战"指美国历史上著名的"小巨角河战役"（Battle of Little Big Horn，1876）。美军将领卡斯特（George Armstrong Custer，1839—1876）是以骁勇善战著称，他率领的骑兵团在此役中被印第安人消灭，他自己也阵亡了。

"给我一盒切斯特菲尔德。"哈里对弗雷迪说。他用那条断臂把烟盒夹在腋下，撕开烟盒的一角，抽出一支烟叼在嘴上，然后把烟盒揣进衣兜，点燃了香烟。

"你那条船情况怎样，弗雷迪？"他开口问。

"那船我刚刚检修过，"弗雷迪说，"船况好极了。"

"你想出租吗？"

"用来干啥？"

"过去一趟。"

"除非他们出个好价钱，否则休想。"

"那条船值多少钱？"

"一千二百美元。"

"我租，"哈里说，"我租船你信得过吗？"

"信不过。"

"我用房子作抵押。"

"我不要你的房子，我要一千二百美元现钞。"

"成交。"哈里说。

"那就拿钱来吧。"弗雷迪说。

"待会儿蜜蜂嘴来了，你叫他在这儿等我。"哈里说完这话便出了酒吧。

第十四章

回到家里，玛丽和女儿们正在吃午饭。

"嗨，爸爸，"大女儿招呼道，"爸爸回来了。"

"你们有什么好吃的？"哈里问。

"今天中午有牛排。"玛丽回答。

"爸爸，有人说他们把你的船给弄丢了。"

"已经找回来了。"哈里说。

玛丽看了他一眼。

"谁找到的？"她问。

"海关那些人。"

"哦，哈里。"她说，声音里充满了遗憾。

"他们找到了船不是更好吗，爸爸？"二女儿问。

"吃饭的时候别说话，"哈里对她说，"我的午餐在哪儿？还愣着干什么？"

"我这就去端来。"

"我很忙，"哈里对女儿们说，"你们吃完饭就到一边去。我得跟你们的妈妈谈谈。"

"爸爸，能给点钱让我们去看下午的电影吗？"

"你们干吗不去游泳。那不用花钱。"

"噢，爸爸，这天游泳太冷了。我们想去看电影。"

"好吧，好吧。"哈里说。

等女儿们出了屋子，他对玛丽说："帮我把牛排切开，好吗？"

"当然，亲爱的。"

她像照顾孩子那样把牛排切碎。

"谢谢，"哈里说，"我真是个糟糕透顶的男人，不是吗？那些姑娘不多，是吧？"

"不多，亲爱的。"

"真奇怪，我们没能生几个儿子。"

"那是因为你就是这样一个男人。你总是那样干就总是来女孩儿。"

"我不是个糟糕的男人。但你听我说，我要去跑这糟糕的一趟。"

"给我说说船的事。"

"他们是从一辆卡车上看见它的，一辆很高的卡车。"

"那些混蛋。"

"比浑蛋还混蛋。臭狗屎。"

"嗨，哈里，别在屋里说这种话。"

"你有时候在床上说得比这还难听。"

"那不一样。在自家饭桌上我不喜欢听见说狗屎。"

"呃，臭狗屎。"

"唉，亲爱的，你是心里不好受。"玛丽说。

"不是，"哈里说，"我只是在想问题。"

"好吧，你就好好想吧。我对你有信心。"

"我也有信心。我有的也就是信心了。"

"你在意给我说说那事吗？"

"当然可以。不过你不管听见什么都别着急。"

"我不着急。"

"听我说，玛丽。你上楼去，把活板门后那支汤普森冲锋枪给我拿来，顺便看看那个装子弹的木箱，看里边的弹夹是不是都压满了子弹。"

"别带枪去。"

"我必须带。"

"你要子弹箱吗？"

"不用。我没法压子弹。我带上四个弹夹就行了。"

"亲爱的，这种活路你不跑行吗？"

"这糟糕的一趟我非跑不可。"

"哦，天哪，"她说，"哦，天哪，我真希望你别干这些事情。"

"去吧，去把它给我拿到这儿来。然后给我弄点儿咖啡。"

"好吧。"玛丽说，边说边从桌子上探过身来，吻了下他的嘴唇。

"让我单独待会儿，"哈里说，"我得好好想想。"

他坐在桌旁，瞧了瞧屋里的钢琴、餐具柜和收音机，看了看那幅名为《九月之晨》的油画和那些小爱神丘比特持弓背箭的图片，然后又开始打量那套透亮的纯橡木桌椅和窗户上挂的那些窗帘。他心想，我还有机会享受这个家么？这日子为啥过得还不如刚开始的时候？要是这次我干不好，这一切都会失去。真他妈的会。现在除了这房子，我兜里连六十块钱都掏不出来，不过跑好了这一趟，我将会有一大笔钱。那些该死的女孩儿。那就是我和老婆所能得到的一切。我真想知道，她是不是在我遇到她之前就把肚子里的男孩儿都生光了？

"给你，"玛丽说，她手里拎着用皮带捆住的枪套，"弹夹都是满的。"

"我得走了，"哈里掂了掂那个沉甸甸油渍渍的帆布包，里边装有那支被拆卸开的汤普森冲锋枪，"放到汽车前座下面去。"

"再见。"玛丽说。

"再见，亲爱的。"

"我不担心，但你得照顾好自己。"

"保重。"

"唉，哈里。"她张开双臂把他紧紧搂住。

"让我走。我没时间了。"他用他那条断臂轻轻地拍打她的背。

"你呀，你这条海龟鳍，"她说，"哦，哈里，要当心。"

"我必须得走了。再见，亲爱的。"

"再见，哈里。"

她看着他转身走出家门，高个儿，宽肩，平背，狭臀，她想，他动起来就像某种动物，从容，敏捷，步伐那么轻快，那么沉稳，还一点儿也不显老态。他钻进汽车的时候，她看见他那头被太阳加深了颜色的金发，那张像蒙古人的宽阔的面颊，那双眯成细缝的眼睛，还有断了鼻梁的鼻子，阔大的嘴巴，圆圆的下巴。上车后他朝她咧嘴一笑，她开始哭了起来。"他那张该死的脸哟，"她想，"一看到那张该死的脸我就想哭。"

第十五章

弗雷迪酒吧，弗雷迪正在招待三位游客。其中有个又高又瘦、肩膀很宽的男人，穿着短裤，戴着厚镜片眼镜，皮肤晒成棕色，蓄着一溜精心修剪的浅褐色胡子。与他一道的那个女人留着一头和男人头发一般长短的金色卷发，肤色很不好，有一副女摔跤手的面孔和体格。她也穿着短裤。

"呸，你他妈混蛋。"她冲第三位游客说。这位游客脸色红润，神情傲慢，蓄着一溜铁锈色胡须，戴着一顶有绿色赛璐珞帽舌的白色布帽，说话时嘴唇有种相当奇特的习惯性动作，好像正在吃某种烫嘴的东西。

"真好听，"绿帽舌男人说，"我从没听见过有谁实实在在地从嘴里吐出这种表达。我以为它已经过时了，只会在出版物……嗯……在某些小报上看到，但绝不会听到。"

"混蛋，混蛋，你他妈的双料混蛋。"摔跤手女士突然像念咒语似的骂道，并丢给绿帽舌男人半张长满粉刺的侧脸。

"真美，"绿帽舌男人说，"这话从你嘴里说出来真悦耳动听。这不会是布鲁克林的原汁原味吧？"

"你千万别介意。他是我妻子，"高个子游客对绿帽舌男人说，"你俩遇见过？"

"噢，胡扯，遇见过他更是他妈的胡扯，"高个子的妻子说，"你好吗？"

"还不错，"绿帽舌男人说，"你呢？"

"她好得不能再好了，"高个子说，"你真该好好看看她！"

这时候哈里进了酒吧，高个子的妻子一见他就嚷道，"他难道不是更好吗？那才是我想要的。给我买下来吧，老公。"

"我可以跟你谈谈吗？"哈里对弗雷迪说。

"当然可以，"高个子的妻子插嘴说，"谈吧，你想谈什么都可以。"

"住嘴，你这个荡妇，"哈里说，"弗雷迪，咱们到后边去。"

蜜蜂嘴在隔间里，坐在桌旁等他。

"你好，大人物。"他招呼哈里。

"闭嘴。"哈里说。

"听着，"弗雷迪说，"你也给我闭嘴。你不能随便爆粗口。你不能在这么体面的地方骂一个女士是荡妇。"

"荡妇，"哈里说，"你都听见她对我说什么吗？"

"唉，不管咋说，不能当面骂人家是荡妇。"

"好吧。你把钱带来了吗？"

"当然，"蜜蜂嘴说，"我为什么不带钱来呢？难道我没说过我要带钱来吗？"

"让我们看看。"

蜜蜂嘴拿出钱。哈里清点了十张一百和四张二十元的钞票。

"应该是一千二百元。"

"佣金我已扣下了。"蜜蜂嘴说。

"把扣下的钱拿出来。"

"不。"

"拿出来。"

"别犯傻了。"

"你这个可怜的小瘪三。"

"你这个可恶的大混蛋，"蜜蜂嘴回嘴道，"别想从我这儿把钱抢走，我这儿没钱。"

"我明白了，"哈里说，"我早该想到这个。听我说，弗雷迪，你我是老相识了。我知道你的船值一千二百美元。现在差你一百二。先拿着这些钱，那一百二你就担担风险，算我欠你的租船费。"

"租船费得三百二。"弗雷迪说。他冒险提出这个要价心里有点发毛，想到这点他额头上开始渗出汗珠。

"我家里有辆车，还有台收音机，作为抵押绰绰有余了。"

"我可以给你们出具一份租约。"蜜蜂嘴在一旁说。

"我不要什么租约，"弗雷迪说，他冒出更多汗珠，说话也开始吞吞吐吐，"好吧，我就冒一次险。只是看在上帝的分上，哈里，你得顾惜那条船，行吗？"

"我会把它当自己的船那样顾惜。"

"可你把自己的船给弄丢了。"弗雷迪说，此时他已是满头冒汗，记起这事让他更受折磨。

"我会当心船的。"

"我会把这笔钱放进我在银行里的保险箱。"

哈里瞥了一眼蜜蜂嘴。

"那可是个好地方。"蜜蜂嘴说完咧嘴一笑。

"老板。"有人在前台喊道。

"叫你。"哈里说。

"老板。"那个声音又传了进来。

弗雷迪起身去往前台。

"刚才那男人羞辱我。"哈里听见那个声音在对弗雷迪说话，但他仍继续给蜜蜂嘴交代。

"我会把船停在码头，就在街对面那个位置，不足半个街区远的地方。"

"好的。"

"就这样吧。"

"好的，大人物。"

"别叫我大人物。"

"随你便吧。"

"四点以后我都在那儿。"

"还想说什么？"

"记住，是他们强迫我干的，明白吗？我对那事一无所知。当时我正要驾船出海，我船上没带任何东西。我只是租了弗雷迪的船，要带人出去钓鱼。他们必须亮出枪逼我开船，他们必须动手砍断缆绳。"

"弗雷迪怎么办呢？你租他的船并不是要去钓鱼。"

"我会跟弗雷迪说的。"

"你最好别说。"

"我会的。"

"最好别说。"

"听着，从战争以来我就和弗雷迪一起做事了。我跟他搭档过两回，从没闹过纠纷。你知道我为他弄过多少私酒吗？在这座城里，他是我唯一信得过的狗娘养的家伙。"

"我不会相信任何人。"

"你当然不会。在你自己干了那些事情之后。"

"别说这些了。"

"好吧。去看看你那些朋友。到时你该怎么说？"

"他们是些古巴人。我是在旅馆外边碰到他们的。他们中有个人要兑一张保付支票。这样说没什么错吧？"

"你就没有注意到点儿什么？"

"没有，他们只是告诉我在银行碰面。"

"谁开车送他们？"

"出租车。"

"司机对他们的身份会怎么想，小提琴手？"

"我们会找个不想这事的人。这城里有许多不想事的出租车司机。比如说海祖斯。"

"海祖斯很精明。他只是说话很逗。"

"那我叫他们找个不会说话的。"

"找个家里没孩子的。"

"他们都有孩子。你见过家里没孩子的出租车司机吗？"

"你真是个无所不知的卑鄙家伙。"

"好啦，我可是从来都没杀过人。"蜜蜂嘴说。

"你也永远不会杀人。来吧，我们出去。和你单独在一起让我感到厌恶。也许你真令人厌恶。"

"你能让他们都闭上嘴吗？"

"只要你能封住嘴。"

"那你封住你的嘴吧。"

"我可得去喝上一杯。"哈里说。

来到前边，那三个游客还在吧台前的高凳上坐着。见哈里过来，那女人把头掉向一边以示厌恶。

"想喝点什么？"弗雷迪问哈里。

"那女士喝的什么？"

"自由古巴。"①

"那就给我来杯纯威士忌。"哈里说。

这时候那个戴厚镜片眼镜、留浅褐色小胡子的高个子游客把他那张鼻梁挺直的大脸凑近哈里："嗨，你刚才干吗那样对我妻子说话？"

哈里上上下下把他打量了一番，然后掉头问弗雷迪："你经营的是种什么场所？"

"这是怎么回事？"高个子问。

"别激动。"哈里对他说。

"别在我跟前逞威风。"

"听着，"哈里说，"你们来这儿是为了旅游休闲，是吧？那就

_____

① "自由古巴"（Cuba Libre）是一种鸡尾酒名，用朗姆酒为基酒兑上适量的可乐而成，口感轻柔，适合女士饮用。此名源于古巴人民反抗西班牙殖民统治的第二次独立战争（1895—1898）使用的纲领性口号。

放松点儿。"说完他便转身离开了酒吧。

"我想我真该揍他一顿,"高个儿游客对他妻子说,"你觉得呢,亲爱的?"

"我真希望自己是个男人。"他妻子说。

"你这副身板也差不多了。"绿帽舌一边喝啤酒一边说。

"你说什么?"高个子问。

"我说你可以查出他的姓名住址,然后给他写封信,告诉他你对他的看法。"

"我说,你又叫什么名字?你这是在干什么,逗我玩?"

"就叫我麦克沃尔斯教授吧。"

"我叫詹姆斯·劳顿,"高个子说,"我是个作家。"

"很高兴见到你,"麦克沃尔斯教授说,"你经常写作吗?"

高个子男人看了看他周围,然后对他妻子说:"亲爱的,我们离开这里吧,这里的人不是无礼,就是在发疯。"

"这真是个奇妙的地方,"麦克沃尔斯教授说,"很迷人,真的很迷人。他们管它叫美国的直布罗陀①,直布罗陀可在埃及开罗以南三百七十五英里之处②。不过这地方是我唯一有时间来看看的地方。但它的确是个好地方。"

"我看你真是个教授,"那位妻子说,"你要知道,我喜欢你。"

---

① 这两个地方的相似性在于:直布罗陀是欧洲伊比利亚半岛南端港市,其扼守的直布罗陀海峡是大西洋和地中海之间唯一海上通道;而基韦斯特是美国本土最南端城市,其扼守的佛罗里达海峡是沟通墨西哥湾和大西洋的海上咽喉要道。

② 这里要么暗示麦克沃尔斯教授喝醉了,要么暗讽这位教授不懂装懂。实际上,直布罗陀与开罗相距约 2200 英里(约合 3500 公里)。

"我也喜欢你，亲爱的，"麦克沃尔斯教授说，"但我现在必须得走了。"

他站起身来，出门去找他的自行车。

"这里的每个人都是疯子，"高个子说，"我们还喝吗，亲爱的。"

"我喜欢那个教授，"他妻子说，"他举止真优雅。"

"那另一个家伙……"

"哦，他有张很帅的脸，"妻子说，"像是鞑靼人什么的。我希望他别再那么不懂礼貌。他那张脸看上去有点像成吉思汗。天哪，他真高大。"

"他可只有一条胳膊。"她丈夫说。

"我没注意到，"妻子说，"我们能再来一杯吗？我真想看看下一位进来的是谁。"

"兴许会是帖木儿。"那位丈夫说。

"噢哟，你真还读了几本书，"妻子说，"不过那个成吉思汗倒还对我的口味。为什么那个教授喜欢听我说'他妈的混蛋'呢？"

"这我可不知道，亲爱的，"作家劳顿说，"我真不知道。"

"他似乎是喜欢我这种本色的样子，"妻子说，"天哪，他人真好。"

"你也许还会看见他。"

"你任何时候来这儿都可能看见他，"弗雷迪说，"他就住在这儿。他在这儿已经住了两星期了。"

"另外那个说粗话的家伙是谁？"

"他，哦，他是这附近的一个家伙。"

"他做什么的。"

"这个嘛，他什么事都做一点，"弗雷迪对他说，"他是个渔民。"

"他那条胳膊是怎么丢的？"

"我不知道，不知道他是怎么弄伤的。"

"哟，他可真帅。"那个妻子说。

弗雷迪笑了。"我听过人家说他这样那样，就是没听过有谁说他帅。"

"你不认为他有张帅脸蛋？"

"别激动，夫人，"弗雷迪对她说，"他那张脸像块火腿，而且还断了鼻梁。"

"我的天，男人都很乏味，"那位妻子说，"可他是我梦中的男人。"

"他是个噩梦中的男人。"弗雷迪说。

两人对话的时候，那个作家就满脸傻乎乎地坐在一旁，只有看他妻子时才露出一种歆慕的神情。弗雷迪心中暗想，有这样难看的一个妻子，谁都可以当个作家，或者当个联邦紧急救济署的委员。天哪，她难道不难看？

这时候阿伯特进了酒吧。

"哈里在哪儿？"

"去码头了。"

"谢谢。"阿伯特说。

阿伯特转身离去。那个妻子和作家继续坐在吧台前。弗雷迪站在那儿为他那条船担心，想着他整天这样站着会如何伤腿。他曾在吧台后面的水泥地上铺了层格栅，但那似乎没起多大用处。他的双腿时时隐隐作痛。尽管如此，他还是做着一份不错的营生，生意和城里任何人的一样好，经营开销却不多。那个女人真傻。弗雷迪想，什么样的男人会挑一个这样的女人一起过日子呢？就算你闭上眼睛也不行。就算是露水夫妻也不行。可他们仍然在喝鸡尾酒。昂贵的鸡尾酒。这真是了不起。

"好嘞，先生，"弗雷迪收回思绪，"这就来。"

这时进来了一个脸膛黝黑、头发棕黄、体格健壮的男人，他穿着条纹水手衫和卡其布短裤，带着个皮肤黝黑、非常漂亮的姑娘，姑娘穿着白色羊毛衫和深蓝色的休闲裤。

"这不是理查德·戈登吗，"劳顿说着站起身来，"还有可爱的海伦女士？"

"你好，劳顿，"理查德·戈登开口道，"你在这周围见过一个醉醺醺的教授吗？"

"他刚刚离开。"弗雷迪说。

"亲爱的，你想喝杯苦艾酒吗？"理查德·戈登问他妻子。

"如果你也喝的话。"她对丈夫说。然后她对劳顿夫妇说："你们好。"再然后她吩咐弗雷迪："我那杯兑三分之二法国酒，三分之一意大利酒。"

她坐上一张高凳，双腿蜷缩在凳子下边，两眼望着外面的街道。弗雷迪倾慕地望着她。他认为她是那个冬天基韦斯特最漂亮的游客。甚至比著名美女布拉德利夫人还要漂亮。布拉德利夫人近来稍稍有点儿发福了。这个姑娘有张可爱的爱尔兰人的脸庞，黑色卷发几乎垂及双肩，皮肤细腻光润。弗雷迪此时正盯着她那只端着酒杯的手，那只被太阳晒成褐色的手。

"工作怎么样？"劳顿问理查德·戈登。

"很顺利，"戈登说，"你干得怎样？"

"詹姆斯可不干事，"劳顿夫人说，"他就喝酒。"

"我说，那个麦克沃尔斯教授是谁？"劳顿问。

"噢，我想他是个什么经济学教授，正在度休假年什么的。他是海伦的一个朋友。"

"我喜欢他。"海伦·戈登说。

"我也喜欢他。"劳顿夫人说。

"我先喜欢他。"海伦·戈登乐滋滋地说。

"哦，你可以得到他，"劳顿夫人说，"你们这些可爱的小姑娘总能得到你们想要的。"

"正是这点让我们快乐。"海伦·戈登说。

"我要再喝杯苦艾酒，"理查德·戈登说，"你们也来一杯？"他问劳顿夫妇。

"干吗不喝，"劳顿说，"喂，你明天去布拉德利夫妇举办的那个大派对吗？"

"他当然会去。"海伦·戈登说。

"你要知道，我喜欢她，"理查德·戈登说，"不管是作为一个女人还是作为一种社会现象，她都让我很感兴趣。"

"哎哟，"劳顿太太说，"你说话就像那个教授，和他一样有学问。"

"亲爱的，别在这儿炫耀你的无知。"劳顿说。

"男人会和社会现象上床吗？"海伦·戈登两眼望着门外问道。

"别胡说八道。"理查德·戈登说。

"我的意思是，这也是一个作家必须完成的作业吗？"海伦问。

"作家必须了解一切，"理查德·戈登说，"他不能为了遵循中产阶级的准则就限制自己的生活体验。"

"哦，"海伦·戈登说，"作家的妻子通常都做些什么呢？"

"我想有很多事可做，"劳顿夫人说，"比方说，你应该看看刚才来过这儿的那个男人，他羞辱了我和詹姆斯。他真了不起。"

"我本来应该揍他一顿。"劳顿说。

"他真是太了不起了。"劳顿夫人说。

"我要回旅馆去了，"海伦·戈登说，"你也回去吗，迪克[①]？"

"我想我应该在城中心再多待一会儿。"理查德·戈登说。

"是吗？"海伦·戈登看着弗雷迪身后那面镜子问。

"是的。"理查德·戈登说。

弗雷迪看着她，觉得她快要哭了。他希望这种事不要发生在他的酒吧里。

"你就不想再喝一杯？"理查德·戈登问她。

"不了。"她摇了摇头。

"咳，你怎么了？"劳顿夫人问，"你玩得不开心？"

"再开心不过了，"海伦·戈登说，"但我想我最好还是回去了。"

"我会尽早回来的。"理查德·戈登说。

"别担心早晚。"她对他说。她出了酒吧。她没有哭。她也没有找到约翰·麦克沃尔斯。

---

① 迪克：理查德的昵称。

第十六章

哈里·摩根开车到了码头，把车停在那条船跟前，发现周围没人，他掀起驾驶座坐垫，取出那个沉甸甸油渍渍的帆布包，把它扔进了那条船的驾驶舱。

他随后上船，打开发动机盖板，把帆布包放在下面的隐蔽之处。他拧开气阀，发动了两台引擎。几分钟后，右舷引擎平稳运转，但左舷引擎的第二和第四气缸没有启动。他发现是火花塞断裂了，想找新火花塞来换，但没找到。

"必须换火花塞，还得加满油。"他想。

他打开放在引擎下方的帆布包，为那支汤普森冲锋枪装上枪托，然后找出两截风扇皮带，四颗螺丝钉，在皮带上切出几个口子，简单做成一个吊带，把枪吊在驾驶舱地板舱口左侧，就在左舷引擎上方。枪就像躺在摇篮里一样安稳，他从包里取出那四个弹夹，将其中一个插在枪上。他跪在两个引擎之间，试了试伸手取枪。只需两个动作。先松开螺栓后面绕过接收器的皮带。然后从另一个带孔中把枪抽出。他试了一下，一只手也同样容易。他来来回回推拉了几下枪栓，从半自动到全自动，直到确信没有问题才重新把枪吊好。他想不好该把另外三个弹夹放什么地方，于是把帆布包推到一个油箱下面，弹夹的尾部朝外，以便伸手就可以拿到。他想，只要行动开始后我能抢先一步到这儿，我就能揣两个弹夹到衣兜里。事情最好别弄到那个地步，但这种该死的事很可能难以控制。

他站起身来。那是个不错的下午，晴朗，不冷，天上吹着柔和的北风。那的确是个很不错的下午。潮水正在退去，有两只鹈鹕栖歇在航道边的木桩上。一条墨绿色渔船正突突突地驶向鱼市，坐在船尾把舵的是一个黑人渔民。哈里放眼眺望，微风吹拂着潮水，平静的水面在午后的阳光下呈现出灰蓝色，在疏浚航道时形成的那座沙岛之外曾有鲨鱼出没，这会儿沙岛上空有白色的海鸥飞翔。

"会是个不错的夜晚，"哈里心想，"是个适宜渡海的夜晚。"

刚才的那番折腾让他稍稍出了点汗，这会儿他挺直身子，用一团废棉纱擦了擦脸。

这时阿伯特出现在码头。

"听我说，哈里，"他站在岸上说，"我希望你把我带上。"

"你这是怎么啦？"

"现在在他们一星期只给我们三天救济。我今天上午才听说。我必须得找点事做。"

"那好吧。"哈里说。他已经重新作了考虑。"好吧。"

"太好了，"阿伯特说，"我刚才都不敢回家见老婆了。中午她把我臭骂了一顿，好像是我把那一半救济弄丢了似的。"

"你那个老婆怎么啦，"哈里逗着趣说，"干吗不揍她一顿？"

"你去揍她得了，"阿伯特说，"我倒喜欢听她唠叨些什么。她是那种说话不饶人的老婆。"

"听着，阿尔①，"哈里对他说，"拿着这个，开我的车去一趟船运五金店，买六个这样的火花塞。然后去买二十美分的冰块和半打鲻鱼。再买两罐咖啡、四听咸牛肉罐头，两条面包，一些糖和两罐炼乳。在辛克莱那儿停一下，叫他们到码头来给船加一百五十加仑油。你要尽快赶回来，把左舷引擎的二号和四号火花塞换掉，就是变速轮后面数过来的第二和第四个。告诉他们我会回来付油钱。他们可以在这儿等，也可以上弗雷迪那儿去找我。这些你都记住了吗？我们明天要带一伙人出海，去钓大鲹鱼。"

"这天钓大鲹鱼太冷了。"阿伯特说。

"那些家伙说不冷。"哈里对他说。

"那我干脆买一打鲻鱼怎么样？"阿伯特说，"以防被大寒鸦叼走些。这时节那些航道上可有不少寒鸦。"

"可以，就买一打吧。但你得在一小时之内赶回来，把油加满。"

"你干吗要加那么多油？"

"我们兴许会早出晚归，到时候没时间加油。"

"那些想过海的古巴人怎么样了？"

"后来再没听到过他们的消息。"

"那可是一笔好买卖。"

"这笔买卖也不错。得啦。快去吧。"

"我这次能得多少钱？"

"每天五块，"哈里说，"你要觉得不合适，就别去了。"

_____

① 阿尔：阿伯特的昵称。

"好吧，"阿伯特说，"换哪两个火花塞来着？"

"变速轮后面数过来的第二和第四个。"哈里告诉他。阿伯特点了点头说："我想我记住了。"说完他上了车，掉转车头，驶上了街道。

从船上望去，哈里能看见那幢砖石建筑的楼房和第一州立信托储蓄银行的前门。银行离那个街口只有一个街区。他看不到银行侧门。他看了看手表，已经两点多了。他关上发动机盖板，跨上了码头。好吧，他想，现在成败与否就看运气了。反正我能做的都已经做了。我上岸去看看弗雷迪，然后就回来等待。他离开码头时向右拐，走上了一条后街，这样他就不会从银行门前经过了。

第十七章

在弗雷迪酒吧，哈里想把实情告诉弗雷迪，但他还是忍住了。酒吧里空荡荡的，没有客人，他坐在吧凳上，话到嘴边却没能说出口。他准备开口时才意识到，弗雷迪不可能容忍这事。在过去也许可能，但现在不行了。说不定在过去也不行。正是在他想把实情告诉弗雷迪时，他才意识到事情有多棘手。他心中暗想，我完全可以就待在这里，这里不会有什么事发生。我可以待在这儿喝上几杯，喝得醉醺醺的，这样我就不会卷入那件事了。只是我那支冲锋枪还在船上。不过除了我老婆，没人知道那枪是我的。那枪是我和其他人在古巴做非法买卖时弄到手的。没人知道我有那支枪。我现在可以待在这儿避开那场风险。但这样她们又靠什么过日子呢？养活玛丽和姑娘们的钱从哪儿来呢？我没有船，没有钱，没受过教育。一个独臂男人能干些什么呢？我现在唯一拥有的就是做非法买卖的胆气。我可以就待在这儿，再喝上五杯，这样事情就完全过去了。到时想干也晚了。我可以什么也不做，让一切都顺其自然。

"给我来一杯。"他对弗雷迪说。

"来了。"

我可以把房子卖掉，在我找到活儿干之前一家人可以租房住。

找啥活儿干呢？没什么活儿可干。我现在可以去银行告密，可那样我又能得到什么呢？感谢。当然。谢谢。那帮古巴政府的杂种，在根本没必要开枪的情况下给了我一梭子，让我丢掉了一条胳膊；而另一帮美国杂种则抢走了我那条船。现在我可以放弃我的家人，得到感谢。不，谢谢。让感谢见鬼去吧，他想。我别无选择。

他想告诉弗雷迪实情，这样就有人知道他要干的事了。但他不能告诉他，因为弗雷迪不会容忍这种事。如今他正在赚大钱。虽说白天生意清淡，但天一黑客人就来了，直到凌晨两点这个地方都顾客满堂。弗雷迪并未陷入困境。他知道他不会容忍这事。看来我只得自己干了，他想，带上那个阿伯特，那个可怜的穷鬼。天哪，看他在码头上那副模样，似乎比以往任何时候都饿得更厉害。是呀，有些穷人不偷不盗就只能饿死。此刻这城里不知有多少人都饥肠辘辘。不过他们绝不会采取任何行动。他们只是每天挨一点儿饿。他们一生下来就开始挨饿。他们中有些人就是挨饿的命。

"听着，弗雷迪，"他说，"我要两夸脱 ① 酒。"

"要什么酒？"

"巴卡蒂。"

"好嘞。"

"把瓶塞给我启开，好吗？你知道我租船是要送几个古巴人出海。"

"那是你说的。"

---

① 夸脱：英美容量单位，美制 1 夸脱等于 0.946 升。

"我不知道他们啥时动身。也许是今晚。我还没得到消息。"

"那条船准备得好好的，啥时走都行。要是今晚过去，你们倒撞上了个好天。"

"今天下午他们说到要去钓什么鱼。"

"船上有钓具，要是没被鹈鹕给偷走的话。"

"钓具还在船上。"

"那就好。一路顺风。"弗雷迪说。

"谢谢。再给我来一杯，好吗？"

"喝啥？"

"威士忌。"

"我想你刚才要的是巴卡蒂。"

"在海上觉得冷时我喝巴卡蒂。"

"你们今晚过去会一路都是顺风，"弗雷迪说，"我就喜欢今晚这样的天气过海。"

"今晚的确会是好天气。给我再来一杯，好吗？"

这时候那个高个子游客带着他妻子进了酒吧。

"这不是我的梦中人吗？"那女人嚷道，随之在哈里身边的吧凳上坐下。

哈里看了她一眼，站起身来。

"我得回去了，弗雷迪，"他说，"我得回到船上去，说不定那帮家伙要出海钓鱼呢。"

"别走，"高个子游客的妻子说，"请别走。"

"你真可笑。"哈里对她说，然后转身离去。

理查德·戈登沿街而行，正在去布拉德利夫妇那幢过冬别墅的路上。他希望布拉德利夫人能独自在家。她会的。布拉德利夫人不仅爱收藏作家的书，而且也爱收藏作家本人，不过理查德·戈登还不知道这点。他自己的妻子正沿着海滩回旅馆。她没有遇到约翰·麦克沃尔斯。或许他也会去拜访那幢别墅。

第十八章

阿伯特在船上。船已加满了油。

"我先发动下引擎，看看那两个气缸能不能点火。"哈里说。
"东西都收拾好了吗？"

"收拾好了。"

"那就切点鱼饵吧。"

"切大块点儿？"

"对。钓大海鲢的那种。"

阿伯特在船尾切鱼饵，哈里在舵盘跟前预热发动机，这时他听到一种像发动机回火的声音。他循声朝那条街望去，只见一个男人冲出银行。那人手里端着枪拼命奔跑，转眼就不见了。接着又有两人从银行里冲出，两人手里都有枪，还各自拎着个手提包，他俩朝同一方向跑去。哈里瞥见阿伯特此时正忙着切鱼饵。第四个冲出银行的是那个大个子，手里端着一把汤普森冲锋枪，他刚一出门，银行里的警报器便开始发出令人窒息的长声啸叫，哈里看见那支冲锋枪的枪口剧烈抖动，但在警报器的啸叫声中，嗒嗒嗒的枪声听上去微弱而空洞。那人转身跑上几步，又停下来再次向银行大门开火，这时阿伯特从船尾站起身来："天哪，他们在抢银行。天哪，我们咋办？"这时哈里听到了福特牌出租车从背街驶出的声音，随之就看见它歪歪扭扭地朝码头冲来。

三个古巴人挤在出租车后座，另一个古巴人坐在司机旁边。

"船在哪儿？"一个人用西班牙语高声问。

"就在那儿，你这个白痴。"另一个人说。

"不是那条船。"

"可船长是那个船长。"

"快点儿，拜托，看在上帝分上。"

"下车，"坐在司机旁边的那个古巴人冲司机吼道，"举起双手。"

司机刚在车旁站稳，那家伙便抽出腰间的匕首，一刀割断了司机的腰带，再一刀把裤子割破，然后猛地把裤子扯到司机的膝盖处。"站在这儿别动。"他冲司机说。拎着手提包的那两个古巴人把提包扔进船上的驾驶舱，随后那伙人便连滚带爬地上了船。

"开船。"一个古巴人吼道，大个子则用冲锋枪顶住哈里的后背。

"拜托了，船长，"那人说，"快开船。"

"别急呀，"哈里说，"先把那玩意儿朝向别处。"

"解开那些缆绳，你！"大个子冲阿伯特喊。

"等等，"阿伯特朝哈里说，"别开船。这些人是抢银行的强盗。"

大个子古巴人转过身，把冲锋枪枪口对准阿伯特。"啊，别，别，"阿伯特说，"别开枪。"

枪口离阿伯特太近，砰砰砰三枪像三击重拳击中他胸膛。阿伯特猝然跪下，瞪着眼，张着嘴，看样子似乎还想说"别开枪"。

"你用不着什么助手，"大个子古巴人对哈里说，"你这个独臂杂种。"然后他用西班牙语招呼同伴："用鱼刀割断缆绳。"再然后又用英语喊："快呀，快开船。"

他用西班牙语叫一位同伙："用枪在后面盯住他。"然后用英语说："快，快开船，不然我打掉你的脑袋。"

"我们这就走。"哈里应道。

一个长相像印第安人的古巴人用手枪抵住哈里断臂那一侧，枪口几乎碰到他用皮带绑在断臂上的钩子。

掉过船头，哈里用他那只好胳膊把住舵盘，然后回头朝船尾望去，除了一晃而过的那些木桩，他看到阿伯特蜷缩着跪在船尾，此时他的脑袋往一侧耷拉着，垂在一摊血泊之中。码头上是那辆福特牌出租车和那位胖司机，胖司机只穿着内裤，滑落的长裤缠在脚踝处，两只手举得老高，嘴巴像阿伯特一样张开。街面上依然空空荡荡，没有人影。

待船驶过码头桩界出了内港，哈里转舵绕过灯塔驶入了航道。

"快！加速，"大个子古巴人催促道，"快开！"

"把枪挪一边去。"哈里说。他心中暗想，我可以让船撞上龙虾酒吧，但身边那个古巴人肯定会给我一枪。

"让这船跑起来。"大个子古巴人吼道。然后又用西班牙语招呼同伙："大家都卧倒，注意盯住船长。"他在船尾躬下身子，把阿伯特的尸体拖进了驾驶舱。此时其他三人也都平躺在驾驶舱里。哈里坐在舵位上，两眼望着前方，驾船驶出水道，经过通往海军后备基地的水口时，他瞥见了水口的游艇告示牌和绿色信号灯，随后他转舵绕过防波堤，冲过了那座要塞和红色警示灯。这时他回头看了看，见那位大个子古巴人已从口袋里掏出个绿色弹夹，正往里压子弹。那支枪躺在他身边，他填压子弹完全是凭手的感觉，因为他两眼一直盯着船尾的方向。除了监视自己的这个家伙，其他人也都在往后看。这家伙，两个印第安人模样中的一个，挥着手枪示意他向前看。现在还没船追上来。发动机运转平稳，他们那条船顺着潮流行驶。他注意到船经过时浮标向海面倾斜，水流在浮标底部打旋。

哈里心中暗想，码头上通常有两艘能追上我们的快艇。雷的那艘正在去马特库蒙比岛取邮件。另一艘在哪儿呢？我前几天还见它在埃德·泰勒的船台上，当时埃德正在对它进行检修。那就是我曾想让蜜蜂嘴去租的那条。另外还有两条快船，他现在想起来了。其中一条是州公路局在群岛之间的通勤船。另一条停泊在加里森湾。我们现在跑多远了？他回头望去，要塞正对着船尾，老邮局的红砖大楼已开始耸立在海军船坞那些建筑上方，城市已变成一小段天际线，大酒店那幢黄色建筑正俯瞰着全城。要塞处有个小海湾，灯塔的灯光照在冬季大酒店下面那一长串低矮的房屋上方。至少跑出四英里了，他想。他们追来了，他想。这时两条白色渔船正绕过防波堤朝他们驶来。它们一小时跑不上十英里，他想。真可怜。

那几个古巴人开始用西班牙语唧唧咕咕。

"你这船能跑多快，船长？"大个子嘴里问，两眼却盯着船尾的方向。

"大约十二英里。"哈里回答。

"那些船能跑多快？"

"兴许十英里吧。"

这时所有古巴人都盯着后面那两条渔船，连负责监视哈里的那个家伙也不例外。但我能做什么呢？哈里心想，现在还不能动手。

那两条白色渔船没能追上来。

"快看那儿，罗伯托。"那个说话和气的年轻人说。

"哪儿？"

"看那儿！"

在船后远得几乎看不清的海面上，你隐约能看见有小小的水柱腾起。

"他们在朝我们开炮，"说话和气的那人说，"真傻！"

"看在上帝分上，"那个大脸盘家伙说，"居然从三英里外开炮。"

"四英里，"哈里心想，"足足有四英里。"

哈里能看见平静的水面上腾起细细的水柱，但他却没能听见炮声。

"那些蠢家伙真可怜，"他心想，"比可怜还糟，简直是滑稽可笑。"

"这儿有政府的船吗，船长？"大脸盘家伙从船尾收回目光，掉头问哈里。

"有条海岸警卫队的船。"

"那船能跑多快？"

"也许十二英里。"

"那我们这下就没事了。"

哈里没有回应。

"这么说我们还有危险？"

哈里仍然没吭声。他正在注意着让沙岛那越来越高越来越宽的尖顶保持在船的左舷，让小沙岛浅滩的标桩在右舷与龙骨差不多成直角。再有十来分钟，他们就将通过那片暗礁。

"你怎么啦？不会说话了？"

"你刚才问我啥？"

"现在还有什么能追上我们吗？"

"海岸警卫队的飞机。"哈里回答。

"去市中心前我们割断了电话线。"说话和气的那个古巴人说。

"你们不会把无线电也给割了吧？"哈里说。

"你认为飞机能飞到这儿？"

"天黑之前都有可能。"哈里说。

"你在想啥，船长？"那个叫罗伯托的大脸盘家伙问。

哈里没吭声。

"说呀，你在想啥？"

"你干吗让这个狗杂种杀我的助手？"哈里问那个说话和气的古巴人，此时他正站在他身边盯着罗盘方向。

"住嘴，"罗伯托厉声吼道，"不然我连你也一起杀。"

"你们弄到了多少钱？"哈里问说话和气的那人。

"不知道，我们还没来得及清点呢。无论如何，这些钱也不是我们的。"

"我想也不是。"哈里说。此时船已过了灯塔，他把罗盘调到二百二十五度，这是他去哈瓦那常走的航道。

"我的意思是，我们干这事并非为我们自己，是为了一个革命组织。"

"你们杀了我的助手，这也是为了那个革命组织？"

"我很抱歉，"说话和气的小伙子说，"我没法向你说清这事让我有多难过。"

"那就别说了。"哈里说。

"你要明白，"小伙子继续说，语气很平静，"这个罗伯托很坏。他是个优秀的革命者，但却是个坏蛋。他在马查多① 时代杀过许多人，他喜欢杀人。他觉得杀人很有趣。当然，他杀人都有充分的理由。最充分的理由。"哈里回头看罗伯托，见他此时坐在船尾的一把钓鱼椅中，那支汤普森冲锋枪横放在他膝上，两眼盯着远处的那两条白色渔船。哈里看见那两条船已变得更小。

"你有啥喝的吗？"罗伯托在船尾问。

"没有。"哈里回答。

"那我喝自己的。"罗伯托说。有个古巴人躺在固定在油箱上方的一个铺位上，看上去已经晕船。另一个家伙明显也晕船了，但还坚持坐着。

回头望去，哈里见一条铅色小艇从要塞驶出，正在接近那两条白色渔船。

"那是海岸警卫队的船，"他想，"那船也慢得可怜。"

"你认为水上飞机会来吗？"那个说话和气的小伙子问。

"再过半小时天就黑了，"坐在舵位上的哈里说，"你想干吗？

---

① 指古巴政治家格拉多·马查多·莫拉莱斯（Gerardo Machado y Morales，1871—1939），古巴独立战争（1895—1898）时期的英雄，1920年成为自由党领袖，1925至1933年任古巴总统，实行独裁统治，后流亡美国。

杀了我？"

"我不想杀人，"小伙子说，"我讨厌杀人。"

"那你想干什么？"手里拿着一瓶威士忌的罗伯托问小伙子，"想跟船长交朋友？在船长的餐桌上吃饭？"

"你来把舵，"哈里对小伙子说，"看清航向了吗？二百二十五度。"他从舵位上起身，朝船尾走去。

"给我喝一口，"哈里对罗伯托说，"那就是海岸警卫队的船，不过它追不上咱们。"

哈里把愤怒、仇恨和尊严都丢在一边，就眼下来说这些都太奢侈了。他已经开始筹划。

"当然，"罗伯托说，"它肯定追不上咱们。看看那些晕船的家伙。你说什么？想喝酒？你还有别的遗愿吗，船长？"

"你真会开玩笑。"哈里说，同时接过酒瓶喝了一大口。

"悠着点儿，"罗伯托抗议道，"就这么点酒。"

"我还带着一些呢，"哈里对他说，"我刚才是跟你开个玩笑。"

"别蒙我。"罗伯托心存戒意地说。

"我干吗要蒙你呢？"

"你带的什么酒？"

"巴卡蒂。"

"去拿来吧。"

"放松点儿，"哈里对他说，"你干吗这么紧张？"

他跨过阿伯特的尸体来到前面。进驾驶舱后他瞥了一眼罗盘。罗盘标度在晃动，那个小伙子已偏航约摸二十五度。他不会驾船，哈里心想。这倒给了我更多的时间。去看看船后的尾波。

尾波呈两条翻滚着泡沫的曲线，从船尾一直伸向远方水平线上的那座灯塔，此时灯塔已影影绰绰，像一个饰有稀疏格栅的褐色圆锥。那几条船几乎已不见踪影。在城市所在的那个方向，他只能看见一团模模糊糊的天线杆。发动机运转平稳。哈里弯腰低头，伸手拿出一瓶巴卡蒂。他拎着酒瓶来到船尾，开瓶喝了一口，然后把瓶子递给罗伯托。他站在一旁低头看着阿伯特的尸体，不禁感到一阵恶心。这个可怜的饿死鬼，他心中暗想。

"怎么啦？他吓着你了？"那个大脸盘古巴人问。

"你说把他丢下海去怎样？"哈里说，"我们没必要带着他。"

"好哇，"罗伯托说，"你倒出了个好主意。"

"你抬胳膊，"哈里说，"我来抬腿。"罗伯托把那支汤普森冲锋枪放在船尾甲板上，弯腰去抬尸体。

"你要知道，天下最重的东西就是死人，"他说，"以前抬过死人吗，船长？"

"没有，"哈里说，"你抬过大块头女人的尸体吗？"

罗伯托把尸体推上船尾。"你是条硬汉，"他对哈里说，"你说咱们干吗不喝一口？"

"再往前使劲儿。"哈里说。

"听我说，杀了他我很抱歉，"罗伯托说，"要是杀了你我感觉会更糟。"

"别这么说，"哈里止住他，"你干吗要那样说呢？"

"来吧，"罗伯托说，"送他上路。"

他俩俯下身子，把尸体挪上船缘，让它从船尾滑落水中，哈里顺势把那支冲锋枪也踢下了船。枪和阿伯特同时落水，不过枪直接就沉了下去，而阿伯特的尸体被螺旋桨尾流吸住，在白色的泡沫中翻腾了两圈才往下沉。

"这样更好，嗯？"罗伯托说，"这下船上就清爽了。"随之他发现枪不见了，"枪在哪儿？你把那支枪怎么啦？"

"你说啥？"

"枪！"罗伯托一激动，西班牙语冲口而出。

"啥？"

"你知道说啥。"

"我没看见什么枪。"

"你把它给踢下船了。现在我要杀了你。就现在。"

"放松点儿，"哈里说，"你他妈的凭啥要杀我？"

"给我一把枪，"罗伯托用西班牙语对一个晕船的古巴人说，"快把枪给我。"

哈里站在那儿，突然觉得自己无处可藏，他从来没有过这种感觉。他感觉到汗珠从腋窝渗出，感觉到汗水顺两肋直往下淌。

这时他听见一个晕船的古巴人对罗伯托说："你已经杀得够多了。你杀了那个助手，现在又要杀船长。你想让谁送我们过海？"

"暂且留下他，"另一个古巴人说，"过了海再杀也不迟。"

"他把我那支冲锋枪踢到海里去了。"罗伯托说。

"咱们已弄到钱了。你还要冲锋枪干啥？到了古巴有的是冲锋枪。"

"我告诉你们，现在不杀他你们就是在犯大错。我告诉你们。给我一把枪。"

"咳，住口。你喝醉了。你一喝醉就想杀人。"

"喝一口吧。"哈里说，他的目光越过海湾洋流灰蒙蒙的波涛，那轮又圆又红的太阳此时刚刚触到水面。"看那儿！等太阳整个落下去，海水就会变成鲜绿色。"

"让鲜绿色见鬼去吧，"大脸盘的罗伯托说，"别以为你能逃脱挨枪子儿。"

"我会赔你一支枪，"哈里说，"那种枪在古巴只要四十五美元。放松点儿。这下你们都没事了。现在海岸警卫队的飞机不会来了。"

"我要杀了你，"罗伯托盯着他的脸说，"你是存心干的。那就是你叫我丢尸体的目的。"

"你不会想杀我的，"哈里说，"杀了我谁送你们过去。"

"我应该现在就杀了你。"

"放松点儿，"哈里说，"我去看看发动机。"

他打开发动机盖板，蹲下身子，把两个填料函上的油杯拧紧，摸了摸发动机，用手碰了碰汤普森枪的枪托。还不到时候，他想。对，这还不是最佳时机。天哪，真是幸运。阿伯特死了，这对他来说有他妈的什么不同呢？还省得他老婆花钱埋他。那个大脸蛋杂种。那个大脸蛋杀人犯。上帝啊，我真想现在就干掉他。但我最好再等等。

他直起身爬出机舱，关上了发动机盖板。

"现在感觉怎样？"他问罗伯托，同时伸手拍了拍他壮实的肩膀。那大脸盘古巴人瞪了他一眼，没有吭声。

"你看见海水变绿了吗？"哈里问。

"见你妈的鬼去吧。"罗伯托骂道。他喝醉了，但仍怀有戒心，像一头机警的野兽，他知道事情有多不对劲儿。

"让我来把会儿舵吧，"哈里对那个小伙子说，"你叫什么名字？"

"你可以叫我埃米利奥。"小伙子说。

"去底舱吧，你在那儿可以找到一些吃的，"哈里对他说，"有面包，还有咸牛肉。要是想喝，还可以煮壶咖啡。"

"我什么都不想。"

"那待会儿我去煮点儿。"哈里边说边在舵位上坐了下来，此时罗经盘已亮灯，借助尾随浪泛起的光波，望着海面上正在降下的夜幕，他轻而易举地让船对着罗经点航行。他没打开夜航灯。

这将是一个美好的夜晚，他想，一个美丽的夜晚。等最后一抹余晖消失，我就得让船往东偏航。如果不那样做，再过一小时我们就会看见哈瓦那的灯光。至少两小时内准能看见。而一看见岸上的灯光，那个杂种便会起杀我的歹心。踢掉那支冲锋枪真是幸运。真他妈的幸运。真想知道玛丽晚饭吃的什么。我想她肯定很担心。我想她肯定担心得吃不下饭。真想知道那帮畜生弄到了多少钱。有趣的是他们没有点数。要是为革命筹款不用他妈的这种方式，那该多好！古巴人真是一个奇怪的民族。

那是个卑鄙家伙，那个罗伯托。我今晚得把他干掉。不管结果如何，我都得把他干掉。虽说对该死的穷鬼阿伯特来说，干掉他也于事无补。就那样把他抛下船，这让我感到难过。真不知道是什么让我想到了这事。

黑暗中，他点燃一支香烟吸了起来。

我干得不错，他想，比我指望的还好。这小伙子倒是个好小伙子。但愿我能让另外那两个家伙聚在同一边。但愿我有办法让他俩靠在一起。好吧，我必须使出全力。我越能先发制人就越容易把他们制服。这事进行得越顺利就越好。

"你要三明治吗？"那小伙子问。

"谢谢，"哈里说，"你不给你同伴也来上一块？"

"他只喝酒，不吃东西。"小伙子说。

"另外那两个呢？"

"晕船。"小伙子说。

"今晚真是过海峡的好天。"哈里说。他注意到那小伙子没看罗盘，于是便一点一点地让船往东慢慢偏航。

"要不是因为你那位助手，"小伙子说，"我倒会欣赏这个夜晚。"

"他是个好人，"哈里说，"在银行时有人伤着吗？"

"那个律师。叫什么名字来着，西蒙斯。"

"死了？"

"我想是的。"

这么说，哈里心想，那就是蜜蜂嘴先生了。他到底指望得到什么呢？他怎么会以为自己就不会丢命呢？那都是因为他手腕耍过了头。真是聪明反被聪明误啊！啊，蜜蜂嘴先生。再见了，蜜蜂嘴先生。

"他怎么死的？"

"我猜你能够想象，"那小伙子说，"他的死和你助手大不相同。我为你助手的死感到难过。你要知道，罗伯托也并不想作恶。只是那个革命时期使他变成了这个样子。"

"我想他兴许是个好人。"哈里说，说完心中暗想，看我这张嘴都说些什么。真他妈该死，这张嘴什么都能说。不过我必须设法跟这个小伙子套套近乎，以防……

想到这儿他开口问："你们现在干的是什么样的革命？"

"我们是唯一真正的革命党，"那小伙子说，"我们要消灭旧时代的政客，消灭压迫我们的美国帝国主义，消灭军阀专制。我们要开始涤瑕荡秽，给每个人一个机会。我们要结束对古巴农民的奴役，你知道的，结束农奴制，把甘蔗种植园分给种甘蔗的农民。但我们不是共产主义者。"

哈里从罗盘上抬起目光，望着那个小伙子。

"那你们进行得怎么样？"他问。

"眼下我们只是在为这场革命筹款，"那小伙子说，"为了筹到钱，我们不得不使用我们今后决不会再用的手段。我们也不得不利用我们今后决不会再用的这些人。毕竟，只要目的正当，可以不择手段。俄国人当年也不得不做同样的事情。在革命成功之前的许多年里，斯大林从某种意义上讲就是个土匪。"

"他是个激进分子。"哈里心想，没错，这小伙子是个激进分子。

"我想你们已有了个很好的纲领，"他说，"要是你们设法去帮助工人就好啦。过去我们基韦斯特有几家雪茄工厂，那时候我经常出去罢工。我要早知道你们是什么样的组织，那凡是我能做的事，我都会乐意尽力去做了。"

"很多人都愿意帮助我们，"小伙子说，"但由于这场运动目前的状况，我们不能信任民众。我对现阶段的紧迫需要感到非常遗憾。我讨厌恐怖主义。用这种手段筹集必要资金，我也感到非常不满。但我们别无选择。你不知道古巴的情况有多糟糕。"

"我想是糟糕透了。"哈里说。

"你不可能知道情况有多糟。在这个国家，一种极其凶残的暴政已蔓延到乡下的每个村庄。街头上不能有三人以上集聚。古巴没有外敌，并不需要什么军队，但现在却有一支两万五千人的军队，而这支军队，从下士到将军，都在吸这个国家的血。军队里的每个人，甚至连普通士兵，都一心只想发财。现在他们又成立了一支后备军，搜罗了形形色色的无赖、恶棍和马查多时代的告密者，这些无赖恶棍在军队搜刮之后又会再刮一层地皮。我们要做任何事情，都必须首先把那支军队除掉。从前我们被棍棒统治。现在统治我们的是步枪、手枪、机关枪和刺刀。"

"这听上去的确很糟。"哈里说，一边说一边悄悄转向，让船继续往东偏航。

"你根本想不出那到底有多糟，"小伙子说，"我爱我可怜的国家，我愿意为它做任何事情，任何能把它从当今这种暴政下解放出来的事情。我讨厌我现在做的事。但比这讨厌千倍的事我也会去做。"

我得喝上一口，哈里心想。我干吗要在乎他的什么革命？操他妈的革命。为救助劳苦大众他抢劫了一家银行，杀了一个跟他共事的家伙，然后又杀了那个可怜的、该死的、从没伤害过任何人的阿伯特。他杀的是劳苦大众的一员，而他从没想到过这一点。杀了阿伯特就等于杀了一大家人。统治着古巴的正是古巴人。他们全都互相欺骗，互相出卖。他们现在的遭遇是他们活该。让他们的革命见鬼去吧。我所做的一切都是为了养家糊口，但为养家糊口我也不能随便杀人。这下他却来跟我讲他的什么革命。让他的革命见鬼去吧。

"的确，那实在太糟糕了，"他对那小伙子说，"你来把会儿舵，行吗？我想去喝口酒。"

"没问题，"小伙子说，"我该怎么定向？"

"二百二十五度。"哈里说。

天已经黑了，此时墨西哥湾流中涌着一股巨浪。哈里从躺在铺位上那两个晕船的古巴人跟前经过，来到罗伯托待的船尾。海水从船两边飞速流过。罗伯托坐着一把钓鱼椅，把双脚跷在面向他的另一把钓鱼椅上。

"让我也喝一口。"哈里对他说。

"见鬼去吧。"那大脸盘家伙口齿不清地说，"这是我的酒。"

"好吧。"哈里说，然后回到前边取出另外一瓶酒。站在黑暗中，他用那条断臂夹住酒瓶，拔出弗雷迪为他启开又塞紧的软木塞，喝了一口。

此刻正是动手的好时机，他对自己说，没必要再等了。这个年轻小伙子在发牢骚。那个大脸盘家伙已经喝醉。另外两个古巴人又正晕船。此时动手也许再好不过了。

他又喝了一口。巴卡蒂酒令他兴奋，帮他下定了决心，但他仍然觉得冷，觉得心里空荡荡的。他是里里外外都冷透了。

"你要来一口吗？"他问舵位上的小伙子。

"不，谢谢，"小伙子说，"我不喝酒。"借助罗盘灯微弱的光亮，哈里能看见他脸上的微笑。他的确是个英俊小伙。说话也和气。

"我得再喝一口。"说完他喝了一大口，但仍然不能使他被阴冷渗透得整个身子暖和起来。他把酒瓶放到了驾驶舱的地板上。

"保持这个航向，"他对小伙子说，"我要检查一下引擎。"

他打开发动机盖板，向下钻进机舱，然后用固定在地板孔眼里的一个长钩子把盖板顶住。他俯下身子，用一只手摸了摸水歧管和气缸，然后把手搁在填料函上。他把两个油杯各拧紧了一圈半。别拖延了，他对自己说。动手吧，别磨蹭了。你的家伙在哪儿？我猜就在我下巴下面，他想。

他从盖板缝朝外看。他几乎能触到油箱上方的两个铺位，铺位上躺着那两个晕船的家伙。此时那个小伙子背朝着他，坐在高高的舵位上，罗盘灯光清晰地勾勒出他的轮廓。掉头望，在海水的衬映下，他能看到罗伯托摊开四肢躺在船尾钓鱼椅上的身影。

他暗中盘算，一梭子二十一发子弹，至多连射四次或五次。我手指得灵活一点。好吧，动手吧，别再磨蹭了，你这个胆小鬼。主啊，要是另一条胳膊还在，让我给出什么都行。唉，不会再有另一条胳膊了。他伸出左手，松开吊枪的皮带，握住扳机护环，用拇指把保险顶开，然后把枪抽了出来。蹲坐在引擎坑里，他小心瞄准那小伙子被罗盘灯映出轮廓的后脑勺。

黑暗中枪口冒出一大团火焰，弹壳嗒嗒嗒地撞上支起的盖板又落在发动机上。不等小伙子从舵位上倒下，他立即掉转枪口朝左边铺位上那家伙开枪，猛烈颤动、冒着火焰的枪口几乎抵在了那家伙身上，他甚至能闻到他外套被烧焦的气味；然后他转身朝另一个铺位来了个连射，当时那家伙正坐起身来，伸手去掏枪。他蜷伏下身子朝船尾望去，见那个大脸盘家伙已离开了钓鱼椅。他能看到两把椅子的轮廓。此时那小伙子无声无息地躺在他身后，已死无疑。一个家伙正在铺位上抽搐。他用眼角瞥了下另一侧，见另一个家伙已摔下铺位，趴在甲板上，半个身子搭在船舷上缘。

哈里试图确定那大脸盘家伙躲在暗处的位置。没人驾驶的船此时正在打圈，驾驶舱透出一点微光。他屏住呼吸，仔细张望。那一定是他，角落里地板上有一团显得更暗。他盯着那团暗影，暗影动了一下。那就是他。

那家伙朝他爬过来。不，是朝着那个上半身搭在船舷上缘的家伙。他想去取他那支枪。哈里蹲着身子盯着他移动，直到心中完全有数。然后他对着那黑影一阵连射，枪口冒出的火焰映亮了他的双手和双膝，待到火焰熄灭，枪声停止，他听到那家伙扑通一声重重地倒下。

"你这个杂种，"哈里啐道，"你这个狗娘养的大脸盘杀人狂。"

现在那阵寒意已从他体内完全消失，他心中又有了那种空荡荡的感觉。他把身子蜷伏得很低，伸手去有方形木条箱套护的油箱下面摸索另一个弹夹。他摸出了弹夹，但却觉得那只手又冷又湿。

"油箱被打中了。"他对自己说。我得关掉引擎。我不知道油箱哪里漏油。

他按下曲柄，把空弹夹甩掉，装上新弹夹，然后爬出机舱，出了驾驶室。

他站起身来，左手端着那支汤普森冲锋枪，两眼朝四周看了一下，然后用绑在右臂上的钩子关上了发动机盖板，这时候躺在左舷铺位上那个古巴人坐了起来。原来刚才的那次连射有三枪击中他的左肩，另两枪打中了油箱。现在这古巴人瞄准哈里，朝他腹部开了一枪。

哈里向后一个趔趄，坐倒在甲板上。他觉得好像是自己的肚子重重地挨了一闷棍。此时他背靠钓鱼椅的一根铁管支架，古巴人再次朝他开枪，击中了他头顶上方的钓鱼椅，与此同时他伸手摸到他的冲锋枪；他小心地举起枪，用右臂上的钩子托住前柄，朝着那个从铺位上前倾着身子、冷静地向他开枪的家伙射出了整整半梭子子弹。那家伙像堆烂肉摊在了铺位上。哈里开始在驾驶舱地板上摸索，最后终于摸到了面朝下趴在地板上的大脸盘。他用断臂上的钩子触了触那颗脑袋，用钩子将其翻转过来，把枪口抵在那头上，然后扣动了扳机。枪声沉闷，就像是用棍子打一个南瓜。哈里丢下枪，侧身在驾驶舱地板上躺下。

"我真他妈混蛋。"他念叨到，嘴唇贴着地板。我现在是个无可救药的混蛋了。我得关掉引擎，不然我们全都会被烧焦，他想。我本来还有机会。我本还有一点儿机会。耶稣基督啊，这真是功亏一篑。就出了那么一小点儿差错。真该死。哦，那个该死的古巴杂种。谁会想到我先前没打死他呢？

他用手和膝盖支撑着身子，使劲儿关上了引擎上方一侧的舱门盖板，然后向前爬到驾驶座的位置，挣扎着坐上了舵位。他为自己还能这样移动而感到惊讶，但当站起身时，他突然感到一阵眩晕，虚弱无力。他向前倾身，把那只断臂搁在罗盘上，关掉了两个电闸。这时发动机安静下来，他能听见海水拍打船舷的声音。没有其他声响。船在北风掀起的波涛中起伏颠簸。

他靠紧舵盘，重新坐回到舵位上，上身倾向海图桌。他感到一阵轻微的恶心，觉得自己的力气在耗尽。他用左手解开衬衫，用手掌根部探了探枪眼，然后用手指摸了摸。血很少。伤在里面，他想，我最好躺下，让伤口好受些。

这时月亮升起来了，他可以看到驾驶舱里的情况。

真是一塌糊涂，他想，真是他妈的一塌糊涂。

我最好在摔倒之前自己躺下，他这样想着，一边滑下舵位躺到了地板上。

他侧身躺着，船起伏颠簸时，月光照进来，这下他可以看清驾驶舱里的一切。

真他妈挤得慌，他想。就是这样，什么都乱七八糟地挤作一团。然后他又想，我真想知道她将怎么办。我真想知道玛丽将怎么办？兴许他们会给她一笔奖金。那个该死的古巴人。我想她能凑合着活下去。她是个聪明的女人。我想我们本来都可以凑合着活下去。我想我这次真是太疯狂了。我想我这次是自不量力，咬了自己啃不动的东西。我本来不该来蹚这趟浑水。我直到最后都一直过得很好。没人会知道这事是怎么发生的。我希望我能为玛丽做点儿什么。这船上有很多钱。我甚至不知道有多少。有了这笔钱谁都会好过。不知道海岸警卫队会不会吞下这笔钱。我想会吞掉一些吧。真希望我能让玛丽知道发生了什么。真想知道她今后该怎么办？我不知道。我想我本该在加油站或别的什么地方找份活儿干。我本该放弃跑海的营生。如今在船上再也挣不到清清白白的钱了。这该死的船不晃荡就好了。船要不再晃荡就好了。我觉得五脏六腑都在翻江倒海。我，蜜蜂嘴、阿伯特，还有这帮古巴杂种，所有跟这事搅在一起的人，都没得到好下场。这肯定是笔不吉祥的买卖，一笔遭诅咒的生意。我想我这种人应该去经营加油站之类的生意。见鬼，我不可能去经营加油站了。玛丽，她将会做点什么生意。不过她现在去做皮肉生意还是太老了。真希望这该死的船别再晃荡。我得放松一点儿。我必须尽可能放松。他们说只要你不喝水，躺着不动就没事。他们说尤其是不要喝水。

他盯着驾驶舱内被月光映照的一切。

好吧，我也不必清洗船了，他想。放松点儿。这是我现在必须要做到的。放松点儿。我必须尽可能放松。我还有那么点儿机会。只要你静静地躺着，只要你不喝水。

他仰面躺着，试着平稳地呼吸。船在墨西哥湾流的涌浪中晃荡，哈里·摩根平躺在驾驶舱里。他开始还试图用他那只好手支撑着不让身子随着船的晃荡而晃动。后来他干脆静静躺着，任由船摇晃。

第十九章

第二天上午，在基韦斯特，理查德·戈登正骑着自行车回住处，他刚去弗雷迪酒吧打听过银行被抢劫的情况。此时他与一位身材高大的蓝眼睛女人擦肩而过，那女人戴着顶老人戴的那种毡帽，帽檐下露出几缕已开始褪色的金发，她急匆匆地穿过马路，两眼哭得通红。看那头大母牛，戈登暗想。你觉得这样一个女人会想些什么呢？你觉得她在床上会做些什么呢？她丈夫对她高大魁梧的身板会怎样感觉呢？你认为她丈夫在这座城里会和谁厮混呢？她难道不是个看上去很可怕的女人？活像一艘战列舰。太可怕了。

他现在算是到家了。他把自行车架在前廊，进了门厅，关上了被白蚁蛀空的前门。

"你都听到些什么，迪克？"他妻子从厨房高声问。

"别跟我说话，"他说，"我要去工作了。一切都装在我脑子里了。"

"好吧，"她说，"我不会打扰你的。"

戈登在前屋一张大桌子前坐了下来。他正在写一部关于纺织厂罢工的小说。在今天这一章中，他准备写刚才在路上看见的那个女人，那个两眼哭得通红的大个子女人。她丈夫晚上回家后会讨厌她，讨厌她现在粗笨肥胖的样子，讨厌她褪色的头发，讨厌她过于肥大的乳房。还有，她对自己作为工会组织者的工作也缺乏理解，缺乏同情。他会把她与当晚在会上发言的那个犹太姑娘进行比较，那姑娘年轻漂亮，胸脯紧实，嘴唇丰满，身材娇小。真是太好了。这肯定非常可能，肯定非常精彩，肯定非常真实。在他乍现的灵光中，他看到了那种女人的整个内心生活。

她早年对丈夫的爱抚亲热无动于衷。她渴望的只是孩子和安全感。她对丈夫的理想事业缺乏理解同情。更糟的是，她对她已经厌倦的性生活总装出一副感兴趣的样子。这应该是非常精彩的一章。

戈登看到的那个女人是哈里·摩根的妻子玛丽，当时她正在从治安官办公室回家的路上。

第二十章

弗雷迪·华莱士那条船叫"海螺王后号"，有三十四英尺长，用罗马数字 V 标着坦帕①的登记号，船身漆的是白色；前甲板漆的是一种叫作"欢乐绿"的粉绿色，驾驶舱内部漆的也是粉绿色，舱顶漆的还是同样的颜色。船名和母港名佛罗里达基韦斯特等字样被用黑漆描在船尾。这条船没装舷外支架，也没装桅杆。驾驶舱装有挡风玻璃，其中舵位正面的那块已经破碎。新漆过的船体上有许多还挂着木头碎渣的新鲜弹孔。较明显的弹孔在船舷两侧，位于船舷上缘下方约一英尺处和驾驶舱正中朝下一点的地方。在右舷吃水线上方与驾驶舱或雨篷支柱相对的位置还有一组弹孔。从这些位置以下较低的弹孔，有某种黑乎乎的黏稠物渗出，呈丝网状悬滴在新漆过的船壳上面。

迎着柔和的北风，那条船在向北的油轮航道外约十英里处漂流，在墨西哥湾流深蓝色海水的映衬下，白绿二色的船身显得格外亮丽。一团团金黄色的马尾藻在那条船周围的海面上漂浮，然后又随着从船两边缓缓流过的海水漂向北边和东边；北风多少阻

---

① 坦帕（Tampa），美国佛罗里达州中西部港口城市，位于佛罗里达半岛西海岸希尔斯伯勒河入海口，濒临与墨西哥湾相连的坦帕湾。

滞了那条船随波漂移的速度，使它缓缓地漂向更远的水道。船上没有任何生命迹象，不过在船舷上缘，有具男人的尸体暴露在左舷油箱上方的铺位上，尸体看上去已相当浮肿；在右舷船舷上缘的长椅上趴着另一具男尸，那样子似乎正俯身要把手伸进水中。他的脑袋和胳膊都暴露在阳光下，在他的手指几乎触到水面的地方有一群小鱼，那些鱼大约两英寸长，金色的椭圆形身体上有淡紫色条纹，它们放弃了那些马尾藻丛，躲到漂流船底部在水面形成的阴影之中，每当有那种黑乎乎的黏稠物滴进水里，这些鱼就蜂拥而上，一阵争抢，直到黏稠物完全消失。两条约十八英寸长的灰色美洲亚口鱼也在那团阴影中围着船游来游去，长在扁平脑袋顶部的狭长嘴巴不停地一张一合；但它们似乎没弄懂供养小鱼的黏稠物的滴落规律，当黏稠物滴落时，它们不是离船太远就是靠船太近。它们先前已吃光了从最低处弹孔渗入水中的猩红色血块和血丝，现在它们摇晃着吸盘状的丑陋脑袋，摇摆着又细又长的锥形身体，极不情愿地离开这个让它们意外美餐了一顿的地方。

船上驾驶舱里还有另外三人。第一个已经死了，仰面躺在他从上面摔倒下来的舵位下面。第二个也死了，像一大摊烂肉斜堆在右舷后支柱旁的排水孔边。第三个还活着，但早已神志不清，把头枕在胳膊上侧身躺着。

舱底污水表面浮了一层汽油，每当船一摇晃，油水便哗哗地发出一阵溅泼声。这个名叫哈里·摩根的人相信溅泼声是从他肚子里发出来的，此刻他觉得自己的肚子就像是一个大湖，湖水同时在朝两岸溅泼。那是因为他现在已经躺平，双膝蜷曲，头往后仰。他那一肚子湖水很冷，冷得他一靠近湖边就被冻僵，这会儿他感觉冷得要命，所有东西都有股汽油味，仿佛他一直在用一根橡胶软管从油箱里吸汽油。他知道并没有什么油箱，但他仍然觉得似乎有根冰冷的软管插进了他嘴中，现在这根曲卷、冰凉、又粗又重的软管穿进了他的身体。他每呼吸一次，他下腹中那节软管都会变得更加冰凉，更加结实，他能感觉到那根软管就像一条大蟒在那汪溅泼的湖水上滑动。他怕那条大蟒，但虽说那条大蟒就在他体内，但似乎又在很遥远的地方。现在他感觉到的就是冷。

冷渗透了他的全身，那是一种砭人肌骨却不会让人麻木的冷。现在他静静地躺在那儿感觉那种冷。他曾一度以为只要能把自己拉起来盖在自己身上，就会像盖上毯子一样暖和；他有一阵子还真以为已经把自己拉起来盖在了身上，而且开始暖和起来。但这种暖和实际上只是他抬起膝盖时出血产生的感觉；随着那阵暖意消退，他终于知道不可能把自己拉起来盖在自己身上，现在除了忍受寒冷别无他法。他躺在那里，尽力保持住感觉，试图不让自己在无法思考之后很久才死去。随着船的漂移，他此时处在阴影之中，感觉到越来越冷。

那条船从昨夜十点就开始漂流，现在已经是第二天下午较晚的时候。除了逍遥自在地漂浮在海面上的一团团马尾藻和少量僧帽水母粉红色的透明浮囊，以及一艘从坦皮科①起航向北行驶的重载油轮冒出的隐约烟柱，墨西哥湾流的水面上看不到别的任何东西。

---

① 坦皮科（Tampico），墨西哥塔毛利帕斯州东南部港口城市，位于帕努科河北岸，距墨西哥湾13公里；坦皮科城外方圆160公里内有墨西哥四大油田，坦皮科港现为世界最大石油港之一。

第二十一章

"好啦。"理查德·戈登对他妻子说。

"你衬衫上有口红，"妻子说，"耳朵上也有。"

"那又怎么样？"

"这是怎么回事？"

"我看见你和那个醉醺醺的笨蛋躺在长椅上，那又是怎么回事？"

"你没看见。"

"要我说出在哪儿看见你们的吗？"

"你只是看见我们坐在长椅上。"

"但没开灯。"

"那你一直都在什么地方？"

"在布拉德利夫妇那幢别墅。"

"嗳，"她说，"我明白了。别靠近我。你身上满是那个女人的骚味儿。"

"那你身上是什么味儿？"

"没味儿。我就坐在那儿跟一个朋友聊天。"

"你吻他了？"

"没有。"

"他吻你了？"

"没错，我喜欢。"

"你这个荡妇。"

"你要这么叫我，那我离开你就是了。"

"你这个荡妇。"

"好吧，"她说，"我们算完了。你要是不那么自以为是，我要是对你不这么顺从，你早就该看到这个结局了。"

"你这个荡妇。"

"不，"她说，"我不是荡妇。我一直都努力要做个好妻子，但你就像谷仓前的公鸡，自私自利，自鸣得意。整天就知道喔喔喔，'看我都做了什么。看我是如何让你开心。去一边咯咯地乐吧。'好呀，你并没让我开心，你让我感到厌恶。我已经咯咯咯地乐够了。"

"你就不该咯咯咯。咯咯咯叫了那么久也没见你下蛋。"

"那是谁的错？是我不要孩子吗？说什么我们养不起孩子。但我们却有钱去昂蒂布①游泳，有钱去瑞士滑雪，还有钱来这基韦斯特过冬天。你让我恶心。我讨厌你。我受够了。今天这个叫布拉德利的女人就是压断骆驼背的最后一根稻草。"

"哦，这与她没关系。"

"你带着满身口红回家。你就不能先洗洗？连你额头上都有口红。"

---

① 昂蒂布（Antibes），法国普罗旺斯－阿尔卑斯－蓝色海岸大区的一座小城，濒临地中海，是著名的滨海旅游度假区。

"你也吻了那个醉醺醺的笨蛋。"

"我没有。但要是早知道你干的龌龊事，我会吻他。"

"你干吗要让他吻你。"

"当时我很生你的气。我们等呀，等呀，等呀。你一直没来过我身边。你和那个女人走了，一走就是几个小时。是约翰把我送回来的。"

"哎哟，约翰，是他？"

"就是他，约翰，约翰，约翰。"

"他姓什么？姓托马斯？"

"他姓麦克沃尔斯。"

"你干吗不一个字母一个字母地念出来？"

"我不能，"她说完一笑，但这是她的最后一笑，"别以为我笑了就没事了。"这时她眼里已盈满泪水。嘴唇还在继续翻动："不可能就没事了。这不是一次简单的吵嘴。一切都结束了。我不恨你。这里边也没什么误会。我只是不喜欢你。一点也不喜欢。我要和你一刀两断。"

"好哇。"他说。

"不，并不好。一切都结束了。你难道不明白？"

"我想是这么回事。"

"别只是想。"

"别这么感情用事，海伦。"

"这么说我是感情用事？好吧，我没有感情用事。我和你就此一刀两断。"

"不，你不是这个意思。"

"这话我不想重复了。"

"那你打算怎么办？"

"现在还不知道。兴许我会跟约翰·麦克沃尔斯结婚。"

"你不会的。"

"只要我想我就会。"

"他不会娶你的。"

"哦，会的，他今天下午就求我嫁给他。"

理查德·戈登一时语塞。突然觉得心头一阵空落落的，刚才听见的每句话或自己说的每句话似乎都显得极不真实。

"他求你什么？"他问，声音像是从很远的地方传来。

"求我跟他结婚。"

"为什么？"

"因为他爱我。因为他想我和他一起生活。他会挣足够的钱养我。"

"可你已经嫁给我了。"

"那不算数。那不是在教堂。你不肯在教堂里娶我，这让我可怜的母亲伤透了心，这你非常清楚。那时候我对你太多情了，我可以为你去伤任何人的心。天哪，我真是个该死的傻瓜。我也伤透了自己的心。我的心已经碎了，已经死了。为了你我抛弃了自己期望的一切，在乎的一切，因为你当时那么了不起，又那么爱我，所以我觉得爱情才是最重要的。爱情是最最重要的事，不是吗？那时候爱情是我们所拥有，是其他人所没有或永远无法拥有的？那时候你是个天才，我就是你的全部生命。那时候我是你的伴侣，是你的小黑花。够了。爱情只是另一个肮脏的谎言。爱情只是你害怕要孩子而骗我天天吃的避孕药丸。爱情只是吃得我耳聋的奎宁，奎宁，奎宁。爱情只是你带我去做的那种肮脏恐怖的堕胎。爱情就是把我的肚子里搞得一团糟。爱情一半是导管，另一半是旋转冲洗器。我算是领教爱情了。爱情总是挂在浴室门背后。爱情闻起来就像消毒水。让爱情见鬼去吧！爱情就是你让我快活之后就自己张着大嘴呼呼大睡，而我却彻夜不眠，甚至害怕做祷告，因为我知道自己已经没有权利做祷告。爱情就是你教给我的那些肮脏的小把戏，那些你兴许从某本书中学来的小把戏。好啦，我受够了，我也受够你的爱了。我受够了你那种肮脏的爱，也受够了你这个作家。"

"你这个爱尔兰小荡妇。"

"别这样骂我。骂你的脏话我也会。"

"没错。"

"不，不是没错。一切都是一错再错。你要真是个有良知的作家，兴许其他的一切我都能忍受。但我见你总是满腹牢骚，满心猜忌，老爱见风使舵，追逐时髦，当面奉承人家，背后又说人家的坏话。你让我看得恶心。还有就是今天那个叫布拉德利的有钱女人，那条肮脏的母狗。哦，我受够了。我一直都努力关心你，照料你，迁就你，为你做饭，为你烧菜，你要安静我就不出声，你要开心我就赔笑脸，而且爱给你点小惊喜，假装着一切都让我感到快乐。我容忍你的狂躁，容忍你的猜忌，容忍你的卑鄙，现在我忍够了。"

"这么说你想跟一个醉鬼教授重新开始。"

"他是个男子汉。他善良，他仁慈，他让人感到轻松。我们来自同样的环境。我们有你永远都不会有的那些价值观。他就像我当年的父亲。"

"他是个酒鬼。"

"他爱喝酒。但我父亲当年也爱喝酒。我父亲爱穿羊毛袜子，晚上看报纸时爱穿着袜子把脚跷在椅子上。我们生病时他会照顾我们。他是个锅炉制造工，双手满是伤疤。他喝醉时喜欢打架，清醒时能够打架。他去做弥撒是因为我母亲想让他去，他张罗过复活节是为了我母亲和我们的上帝，不过多半是为我母亲。他是个优秀的工会会员，如果他去会另外一个女人，我母亲绝不会知道。"

"我敢打赌他去会过许多女人。"

"也许他去会过，但如果他那样做了，他只会对牧师讲，而不会跟妻子说。如果他那样做了，那是因为他不能自制，事后他会感到难过，感到后悔。他那样做不会是为了猎奇，也不会是为了粗俗的傲慢，更不会是为了向妻子炫耀他是个多么了不起的男人。如果他真做了那种事，那也是因为我母亲带我们这些孩子出去过夏天，他和朋友们出去喝酒喝醉了。他是个男子汉。"

"你真该当个作家，好写写他的故事。"

"我应该是个比你更好的作家。约翰·麦克沃尔斯是个好男人，而你不是，你也不可能是，不管你有什么样的政治见解或宗教信仰。"

"我没有任何信仰。"

"我也没有。但我曾经有过，而且还将会有。这次你休想像夺走我别的东西那样把它给夺走。"

"我没有。"

"你就是。你可以和那些有钱女人上床，和埃莱娜·布拉德利那样的女人上床。她曾有多喜欢你？她曾觉得你了不起吗？"

看着她那张悲伤、愤怒、因哭泣而越显可爱的脸，看着那两片像雨后玫瑰般清新丰润的嘴唇，看着那一头乱蓬蓬的乌黑卷发，理查德·戈登感到了绝望，他终于问道：

"你不再爱我了？"

"我甚至恨这个字眼儿。"

"好吧。"他说，说完他突然狠狠地抽了她一耳光。

这下她哭出声来，不是因为愤怒，而是因为实实在在的疼痛，她掩面伏在桌上。

"你没必要打我。"她捂着脸说。

"哦，有必要，我打了，"他说，"你什么都知道，但就不知道我多有必要打你。"

那天下午当卧室门被推开时，她并没看到他。她当时只看到白色天花板上石膏造型的那些丘比特、鸽子和涡形装饰图案因门外射进的光亮而突然变得清晰。

当时理查德·戈登掉头看见他站在门口，一脸阴沉，满脸胡须。

"别停下，"埃莱娜喊道，"求你别停下。"她一头晶亮的秀发铺洒在枕头上。

可理查德·戈登已经停下，仍扭头盯着门口发愣。

"别理他。什么都别去理会。你难道不明白这会儿你不能停下？"那女人急切地催促道。

那个满脸胡须的男人轻轻关上了房门。关门时他在微笑。

"怎么啦，亲爱的？"埃莱娜·布拉德利问。这时候房间又恢复了黑暗。

"我得走了。"

"你不明白你不能走吗？"

"那个人……"

"那不过是汤米，"埃莱娜说，"这些事他都知道。别理他。来呀，亲爱的。求你了。"

"我不能。"

"你必须做。"埃莱娜说。他能感觉到她身体在颤抖，她靠在他肩上的头也在战栗。"天哪，你难道啥都不懂？难道你丝毫不顾惜一个女人？"

"我必须得走了。"理查德·戈登说。

黑暗中他觉得脸上挨了一记耳光，一记让他两眼直冒金星的耳光。随后又是一记，这次抽在了他嘴上。

"这么说你也是个窝囊废，"她对他说，"我还以为你是个见过世面的男人呢。滚，从这里给我滚出去。"

这就是今天下午的故事。在布拉德利夫妇那幢别墅的故事就这样收场。

现在他妻子坐在他跟前，两肘撑在桌上，双手托着额头。两人都没再说话。理查德·戈登能听到钟在嘀嗒作响，他觉得心头很空虚，就像这屋里很安静一样。过了一会儿，他妻子仍没抬眼看他，只是说：“事情到这个地步，我感到很难过。但你知道都结束了，是吧？”

“是的，如果是这样的话，是结束了。”

“事情并不是从来都这样，但很长一段时间以来它就是这样。”

“对不起，我刚才打你了。”

“哦，那没什么，与这事完全无关。那只是一种告别的方式。”

“别走。”

“我必须走，”她有气无力地说，“恐怕我不得不带走那个大箱子。”

“天亮再走，”他说，“早上你可以把一切都收拾好。”

“我宁愿现在就收拾，迪克，现在就走更容易些。但我太累了。这事弄得我筋疲力尽，让我头疼得好厉害。”

“那就随你的便吧。”

“哦，天哪，”她说，“我并不希望这事发生。但它发生了。我会尽力为你安排好一切。你需要有人照顾。啊，要是我没说那些话，要是你没有打我，兴许我们还能重归于好。”

“不，在那之前就已经结束了。”

“真对不起，迪克。”

“不必为我感到抱歉，不然我会再给你一耳光。”

“我想你要是再给我一耳光，我会感到好受些。真对不起你，哦，我很抱歉。”

“见鬼去吧！”

“我很抱歉，我说过你床上功夫不怎么样。其实对那种事我什么都不懂。我猜你应该非常了不起。”

"你也不是什么床上明星。"他说。

她又开始流泪。

"这比抽我一耳光还疼。"她说。

"嗯，你说什么？"

"没什么。我不记得了。我刚才太生气了，你太让我伤心了。"

"好啦，既然都结束了，干吗还伤心？"

"哦，我并不想让它结束。但都结束了，这下没什么事可做了。"

"你会有你那个酒鬼教授的。"

"闭嘴，"她说，"难道我们不可以都闭上嘴，不再说话？"

"可以。"

"你愿意闭上嘴吗？"

"愿意。"

"我今晚就睡在外边。"

"不。你可以去床上睡。你必须睡床上。我要出去一会儿。"

"哦，别出去。"

"我必须出去。"他说。

"再见。"她说，他看见了她那张脸，那张他曾那么爱过的脸，那张泪水也糟蹋不了的脸，还有她那头卷曲的黑发，还有她紧贴桌边从毛衣里耸起的娇小结实的胸脯，他没能看见她隐在桌下的那个部位，那个他曾深深爱过的部位，那个他曾从中得到快乐但显然并不那么美妙的部位。他出门的时候，她隔着桌子望着他，双手托着下巴，两眼正在流泪。

第二十二章

他没骑自行车，而是沿着街道步行。这时候月亮升起来了，悬在黑蒙蒙的树梢。他走过那些门前有狭长庭院、紧闭的窗户有灯光透出的木屋；穿过那些被两排房子夹在中间的没铺路面的小巷。在这座海螺城[①]，所有的一切都刻板而封闭，不管是德行、衰退、粗面粉和炖猪肉，还是偏见、正义、营养不良、杂种繁殖和宗教安慰；敞着门开着灯的都是古巴人开的博彩屋，那些小屋唯一的浪漫之处就是它们的名字。他走过那家名叫"红房子"的啤酒馆；走过那座令人压抑的石筑教堂，教堂高高的尖塔和丑陋的三角墙衬着月光；他从宽阔的空地经过修道院前面有黑色半球形穹顶的长长棚廊，修道院在月光下显得相当气派；他经过一个加油站和一个灯火通明的快餐店，快餐店旁边那块空地曾是个不大的高尔夫球场；然后他走过灯光明亮的主街，沿街有三家杂货铺、一家乐器店、五家珠宝首饰店、三个弹子房、两家理发店、五个廉价啤酒馆、三家冰淇淋店、五家低档餐馆和一家高档餐厅、两个报刊亭、四家二手货商店（其中一家兼配钥匙）、一家照相馆、

---

① "海螺城"是当地人对基韦斯特的别称。基韦斯特于1982年4月23日短暂宣布独立时，就自称"海螺共和国"（Conch Republic）。

一栋楼上开有四个牙科诊所的写字楼和一家大型廉价品商店；主街的拐角处有一家旅馆，旅馆对面是出租车乘坐点，而在旅馆后面，在通往丛林镇的那条街上，就是那幢没刷漆的大木头房子，此时大房子灯火通明，门口站着些姑娘，里面传出单调的钢琴声，一个水手坐在大街中央；转到大房子背后，经过其墙面大钟显示着十点半的砖石结构的法院大楼，再经过在月光下闪亮的白色监狱建筑，就到了门前小街上停满汽车的"紫丁香时代"入口。

"紫丁香时代"灯火辉煌，人满为患，当理查德·戈登进去时，他看到赌场那边人头攒动，轮盘正在快速旋转，滚球在盘面金属隔上发出清脆的嘀嗒声，随后轮盘慢了下来，滚球蹦跳着咔嚓一声落入一个隔间，接下来就只能听见轮盘的嘎吱声和筹码的哗啦声。走进酒吧间，和两名男招待一起忙乎着的老板迎上前来，"哈罗，哈罗，戈登先生。你喝点什么？"

"我不知道。"戈登说。

"你气色不好啊。怎么啦？觉得不舒服？"

"我没事。"

"我给你弄点好喝的。保你满意。你喝过西班牙苦艾酒吗？"

"来一杯吧。"戈登说。

"你喝完感觉就好了。说不定就想和这屋里哪一位干上一架了。给戈登先生来杯最好的苦艾。"

理查德·戈登靠着吧台一连喝了三杯最好的苦艾，可他没觉得好在哪儿，他并不觉得这种酒浆混浊略带甘草甜味的西班牙苦艾酒有什么特别。

"给我来点儿别的。"他对那位男招待说。

"怎么啦？你不喜欢西班牙苦艾酒？"老板在一旁问，"你觉得不好？"

"不好。"

"你可得当心这酒的后劲儿。"

"给我来杯纯威士忌。"

威士忌暖了他的舌尖和喉咙，但却丝毫没改变他的心境。望着吧台后边那面镜子里的自己，他突然明白了现在借酒浇愁对自己来说也无济于事。他现在怎么样就还会是怎么样，而且从今往后也会是这样。即便现在喝得烂醉如泥，酒醒后一切会依然如故。

吧台前有个又高又瘦、下巴上留有稀疏金色胡须茬的年轻人一直站在他身边，这时那年轻人开口问："你是理查德·戈登先生吧？"

"我是。"

"我叫赫伯特·斯佩尔曼。我想我们可能在布鲁克林的一次聚会上见过。"

"也许吧，"理查德·戈登说，"为什么没有可能呢？"

"我很喜欢你最近出的那本书，"斯佩尔曼说，"你的书我都喜欢。"

"我很高兴，"理查德·戈登说，"来一杯？"

"我们一起干一杯，"斯佩尔曼说，"你尝过这种西班牙苦艾酒吗？"

"这酒不大对我的口味。"

"怎么回事？"

"感觉不大带劲儿。"

"不想尝尝另一种？"

"不，我就喝威士忌。"

"你要知道，在这儿遇见你还真有点意思，"斯佩尔曼说，"我想你都记不得我和那次聚会了。"

"记不得了。不过那也许是次有趣的聚会。你没必要记住一次有趣的聚会，是吧？"

"我不这么认为，"斯佩尔曼说，"那次聚会是在玛格丽特·范·布伦特家。你还记得起吗？"他充满期待地问。

"让我好好想想。"

"我就是纵火烧那地方的人。"斯佩尔曼说。

"不会吧！"戈登说。

"就是我，"斯佩尔曼乐呵呵地说，"纵火的人就是我，那是我参加过的最棒的聚会。"

"你现在做什么？"戈登问。

"没什么可做的，"斯佩尔曼说，"就随便四处逛逛。我现在有点儿轻松。你在写什么新书吧？"

"是的。差不多写了一半了。"

"太棒了，"斯佩尔曼说，"写的什么？"

"写一家纺织厂的罢工。"

"太棒了，"斯佩尔曼说，"你要知道，任何关于社会冲突的事都让我着迷。"

"什么？"

"我喜欢社会冲突，"斯佩尔曼说，"比什么都喜欢。你绝对是个最棒的作家。听我说，你书里该有一个漂亮的犹太女鼓动家吧？"

"为什么？"理查德·戈登狐疑地问。

"那应该是让西尔维娅·西德尼 [①] 扮演的角色。我爱上她了。想看看她的照片吗？"

"我看过。"理查德·戈登说。

"我们来干一杯吧，"斯佩尔曼乐呵呵地说，"想不到在这儿碰见你。你要知道，我是个幸运的家伙。真的很幸运。"

"此话怎讲？"理查德·戈登问。

"我疯了，"斯佩尔曼说，"噫，感觉太美妙了，就像在热恋中。只是那种感觉常常一下子又没了。"

理查德·戈登下意识地挪了挪身体。

"你用不着挪开，"斯佩尔曼说，"我不会狂躁。说真的，我几乎从没动手伤人。来吧，咱们来干一杯。"

"你疯很久了吗？"

"我想我一直都在发疯，"斯佩尔曼说，"我告诉你吧，在这样一个时代，只有像这样发疯才能够快活。我干吗要在乎道格拉斯飞机公司都干些什么？我干吗要在乎美国电话电报公司都干些什么？它们又不能让我感动。我要么读读你写的小说，要么喝喝酒，要么看看西尔维娅的照片，我很快活。我就像一只鸟。我比鸟还快活。我是……"说到这儿他犹豫了一下，似乎是在搜寻合适的字样，然后他脱口而出："我是只可爱的小鹡鸰。"说完他满脸通

---

① 西尔维娅·西德尼（Sylvia Sidney，1910—1999），美国著名女演员，曾主演《蝴蝶夫人》《十字街头》《血洒周末》等影片。

红，嘴唇发颤，两眼直愣愣地盯着理查德·戈登。这时一个身材高大的金发年轻人从吧台下一伙人中来到他身边，伸手拉住他一条胳膊。

"好啦，哈罗德，"他说，"我们最好回家了。"

斯佩尔曼激动地盯着理查德·戈登。"他瞧不起鹬雀，"他说，"他躲开一只鹬雀。一只盘旋飞翔的鹬雀……"

"好啦，哈罗德。"大个子年轻人说。

斯佩尔曼向理查德·戈登伸出一只手。"别见怪，"他说，"你是个好作家。继续写吧。记住我始终都很快活。别让他们把你给弄糊涂了。再见。"

大个子年轻人把一条胳膊搭在他肩上，带着他穿过人群走到门口。斯佩尔曼回头看了看理查德·戈登，冲他眨了眨眼睛。

"好小伙子，"老板轻轻敲着自己的脑门儿说，"受过很好的教育。我想是书读得太多了。喜欢摔杯子，但他没有恶意。打碎的东西他都赔钱。"

"他经常来这儿？"

"晚上常来。他刚才说他是什么来着？天鹅？"

"鹬雀。"

"前两天还说自己是匹马呢，长翅膀的马。就像白马牌酒瓶上的那种，只是长有一对翅膀。的确是个好小伙。很有钱。脑子里有些古怪有趣的念头。现在他家人让管家陪着他来这儿疗养。他告诉我说他喜欢你那些书，戈登先生。再喝点儿什么？我请客。"

"来杯威士忌。"理查德·戈登说。这时候他看见治安官朝他走来。治安官身材非常高大，脸色相当苍白，对人很友好。理查德·戈登那天下午在布拉德利家的聚会上见过他，还跟他谈论过那起银行抢劫案。

"咳，"治安官招呼他说，"你要是没什么事，待会儿和我一道走。海岸警卫队正在把哈里·摩根那条船拖回来。有艘油轮在马塔库姆贝岛以北附近发来了电报。他们连船带人都找到了。"

"天哪，"理查德·戈登说，"他们把盗匪都抓到了？"

"只有一个活的，其他人都死了。电报上是这么说的。"

"你不清楚活着的是谁吧？"

"不清楚，他们没说。天知道都发生了些什么。"

"他们找到钱了吗？"

"没人知道。但只要他们没带着钱到古巴，那就肯定在船上。"

"他们什么时候能回来？"

"哦，还要两三个小时吧。"

"他们要把船拖到哪儿去？"

"我想是海军船坞吧。那里是海岸警卫队泊船的地方。"

"待会儿我们在哪儿碰面？"

"我会来这儿找你。"

"来这儿，或者去弗雷迪酒吧。我不会在这儿待得太久。"

"今晚弗雷迪那边可是一塌糊涂，挤满了从各个岛上过来的老兵。他们总爱寻衅滋事。"

"那我得去那边看看，"理查德·戈登说，"我正觉得不带劲儿呢。"

"好吧，注意躲开麻烦，"治安官说，"我两三个小时内上那儿找你。要搭车去那儿吗？"

"那就谢了。"

他俩挤开人群出了"紫丁香时代"，理查德·戈登上了治安官的车，坐在他旁边。

"你觉得摩根那条船出了什么事？"他问治安官。

"天知道，"治安官说，"听上去情况很糟。"

"他们就没有点儿别的什么消息？"

"一点儿都没有，"治安官说，"快看那儿，看见了吗？"

在他们对面，店门大开的弗雷迪酒吧灯火通明，顾客都挤到了人行道上。那是些穿着粗蓝布制服的男人，有的光着头，有的戴着帽子，有旧式军帽，还有用压缩纸板做的头盔，那些人把酒吧挤了个满满当当，投五美分硬币播一曲的留声机正在高声播放《卡普里岛》。他们停下车时，一个男人从敞开的店门冲了出来，随之另一个男人冲出来扑在他身上。他俩双双摔倒在人行道上厮打，压在上面的那个男人双手抓着对手的头发，往水泥地上猛撞他的脑袋，砰砰砰的声音令人厌恶，可酒吧里没有一个人对此表示关注。

治安官下车向前，一把揪住上面那个人的肩膀。

"住手，"他喝道，"站起来。"

那人直起身来盯着警长。"看在上帝的分上，你就不能管好你自己的事吗？"

另一个人满头是血，一只耳朵也渗出血，更多的血从他满脸雀斑的脸上往下滴，但他却冲治安官摆出一副决斗的架势。

"快放开我兄弟，"他口齿不清地嚷道，"怎么啦？你以为我不经揍不是？"

"你经揍，乔伊。"刚才揍他的那个人说。"听着，"他转向治安官，"能给我十块钱吗？"

"不能。"治安官说。

"那你见鬼去吧。"他又掉头向着理查德·戈登。

"你呢，伙计？"

"我可以给你买杯酒喝。"戈登说。

"那就来吧。"那老兵一边说一边挽住戈登的胳膊。

"我待会儿来接你。"治安官对戈登说。

"好的。我等你。"

当他们三人侧身挤到酒吧门边时，那个满头鲜血、满脸雀斑、耳朵和脸上也沾满血的家伙也挽住了戈登一条胳膊。

"我的老朋友。"他说。

"他没事，"另一位老兵说，"他经得住揍。"

"我经得住揍，明白了？"满脸是血的那人说，"这就是我对付他们的绝招。"

"可你没法狠揍人家，"旁边有人说，"别挤呀。"

"让我们进去，"满脸是血的人高声嚷道，"让我和我的老朋友进去。"然后他把嘴凑到理查德·戈登耳根前悄声说："我用不着狠揍人家。我经得住揍，明白吗？"

"听我说，"当他们终于挤到洒满啤酒的吧台跟前时，另一位老兵说，"你真该看看他中午在五号营地快餐厅时的那副模样。当时我把他摔倒在地，用酒瓶砸他的脑袋，就像敲锣鼓似的。我敢说至少砸了他五十下。"

"才不止五十下呢。"满脸是血的那人说。

"可对他来说简直等于没砸。"

"我经得住揍。"满脸是血的家伙说。然后他在理查德·戈登的耳边悄声道："这是个秘密。"

这时那个穿着白外套、挺着大肚子的黑人招待把三瓶开了盖的啤酒推到理查德·戈登面前，戈登把其中两瓶递给了一块儿进来的那两个老兵。

"什么秘密？"他问。

"我，"满脸是血的家伙说，"我的秘密。"

"他是有个秘密，"另一个老兵说，"他没撒谎。"

"要听吗？"满脸是血的家伙凑近理查德·戈登的耳边问。

戈登点了点头。

"不痛。"

另一个老兵点着头说："给他说说最糟的。"

满脸是血的家伙把他带血的嘴唇几乎贴到了戈登的耳朵上。

"有时候挨揍的感觉很好，"他说，"你挨揍的时候感觉怎样？"

紧挨着戈登的人是个瘦高个儿，他脸上有道从一个眼角直划到下巴的伤疤。这时他居高临下地看了看满脸是血的那个家伙，然后咧嘴一笑。

"起先那是种伎俩，"他说，"后来变成了一种乐事。要是真有啥让我恶心，那就是你，雷德。"

"你太容易恶心了，"第一个老兵说，"你原来是哪个部队的？"

"这不关你的事，你这个挨揍的醉鬼。"瘦高个儿说。

"想来一瓶？"理查德·戈登问瘦高个儿。

"谢谢，"瘦高个儿说，"正在喝呢。"

"别把我们给忘了。"同戈登一道进来的那两个人中的一人说。

"再来三瓶啤酒。"理查德·戈登招呼道,那黑人招待开了瓶盖,顺着吧台把酒瓶推了过来。人堆里他们连胳膊肘都伸展不开,戈登被挤得紧挨着瘦高个儿。

"你是从船上下来的吧?"瘦高个儿问。

"不,我就待在这儿。你们是从岛那边过来的?"

"我们今晚从托图格斯群岛那边过来,"瘦高个儿说,"我们在那边闹腾够了,所以他们不可能让我们待在那边。"

"他是个赤色分子。"第一个老兵说。

"你要是稍有点头脑,你也会是个赤色分子,"瘦高个儿说,"他们派了一帮我们这样的人去那儿,想干掉我们,但我们给他们制造了很多麻烦。"他说完冲理查德·戈登咧嘴一笑。

"揍那家伙。"人群中有人突然高喊,理查德·戈登随之就看见一只拳头打在靠近他身边的一张脸上。接着有两人挤过来把挨打的那个人拖到酒吧外的空地上,其中一人又狠狠地给了他脸上一拳,另一个则狠揍他的肚子。挨打的人双手护着脑袋倒在水泥地上,揍他肚子的那人又猛踢他的腰背。整个过程中那被揍的人一声没吭。揍他的一个人最后将他从地上拽起来,推他到墙边靠墙站着。

"给这个狗娘养的退退烧。"他说。当那个挨打的人张开四肢、脸色苍白地靠墙边站稳时,第二个打人者微微下蹲,然后从接近水泥地面处扬起右拳,从下往上一记重击,狠狠揍在那脸色苍白者的下巴上。被揍者猛地朝前跪倒在地上,然后慢慢地侧身翻倒,头浸在一小摊血泊之中。那两个打人者把他丢在那里,自个儿回了酒吧。

"伙计，你真能打。"一个人说。

"那狗娘养的进城就把所有薪金都存进了邮政银行，然后来这儿闲逛，在这酒吧里蹭酒喝，"一个打人者说，"这是我第二次让他退烧。"

"你这次肯定把烧给他退了。"

"我像刚才那样搂他的时候，我觉得他的下巴就像一袋弹珠。"另一个打人者乐呵呵地说。这时挨打的人靠墙根儿躺着，谁也没去关注他。

"听我说，要是你像那样搂我，那对我来说不过就像是挠痒痒。"满脸是血的那个老兵说。

"住嘴，你这挨搂的，"那个退烧器说，"你早都被搂蒙了。"

"没有，我没被搂蒙。"

"你这副痴呆样令我恶心，"退烧器说，"我干吗要在你身上糟蹋我的手？"

"你能做的也只有这个，糟蹋你的手，"满脸是血的那人冲退烧器嚷道，然后掉头对理查德·戈登说，"听着，老伙计，再来一瓶怎样？"

"这难道不都是些好小伙子？"瘦高个儿说，"战争有使人净化的力量，有使人高尚的力量。可问题是，不知是只有像我们这样的人才适合当兵，还是这个不寻常的职业把我们变成了这样的人？"

"这我可不知道。"理查德·戈登说。

"我敢跟你打赌，这屋里真应征入伍的还不足三人，"瘦高个儿说，"这些人都是精英。社会底层的精英。威灵顿打赢滑铁卢那仗，靠的就是这种精英。好吧，先有胡佛先生①把我们赶出安蒂科斯蒂岛，现在又有罗斯福先生②用船把我们送到这佛罗里达群岛，想在这儿除掉我们。他们管理军营的方式就是招来瘟疫，但这些可怜的杂种都命大，都死不了。他们用船把我们中的一些人运到最西边的托图格斯岛，可这些人现在都很健康。再说了，我们也不会忍气吞声。所以他们又把我们给运回来了。接下来会把我们运到哪里去呢？他们已经开始要除掉我们。你能看得出来，不是吗？"

"为什么要除掉你们？"

"因为我们是一群绝望的人，"瘦高个儿男人说，"一群没什么可失去的人。我们已经变成彻头彻尾的野兽，比当初追随斯巴达克起义的那些奴隶战士还糟糕。但现在想做点什么也实在是太难了，因为我们已经被打败，如今唯一的安慰就是酗酒，唯一能引以为傲的就是能忍受。不过我们也不是全都这样，我们中有些人准备奋起反抗。"

"你们军营里有很多共产主义者？"

"大概只有四十个吧。两千人中只有四十个。当共产党需要纪律和克制，酒鬼可当不了共产党人。"

---

① 指美国第 31 任总统赫伯特·克拉克·胡佛（Herbert Clark Hoover，任期 1929—1933）。胡佛执政的四年是美国经济大萧条最严重的时期，各种社会矛盾激化；胡佛有句名言是"宣战的通常是一群老人，但必须上战场送死的却是年轻人"。

② 指美国第 32 任总统富兰克林·罗斯福（Franklin D. Roosevelt，任期 1933—1945）。

"别听他胡扯，"那个满脸是血的老兵说，"他就是个该死的激进分子。"

"听着，"另一位和理查德·戈登一起喝酒的老兵说，"听我给你讲讲海军的那些事。也听我给你讲讲，你这个该死的激进分子。"

"别听他的，"满脸是血的老兵说，"船停在纽约的时候，你要是晚上下船上岸，河滨大道会有一些留着长胡子的老家伙，你给他们一美元就可以把尿撒在他们的胡子上。你认为这事怎么样？"

"我请你喝一杯，"瘦高个儿说，"你给我忘掉那事。我不喜欢听那种龌龊事。"

"我什么都不会忘掉，"满脸是血的老兵说，"你这是怎么了，伙计？"

"往胡子撒尿是真的吗？"理查德·戈登问。他觉得有点儿恶心。

"我以上帝和我老妈的名义发誓，"满脸是血的老兵说，"见鬼，这又不是什么了不起的事。"

这时吧台前有个老兵为一瓶酒钱同弗雷迪吵了起来。

"这就是你喝的。"弗雷迪说。

理查德·戈登掉头打量那个老兵。他两眼通红，已醉得厉害，正想寻衅。

"你他妈的想骗钱。"他冲着弗雷迪吼叫。

"八十五美分。"弗雷迪对他说。

"注意看好戏。"满脸是血的家伙说。

弗雷迪把双手撑在吧台上，两眼紧盯着那个寻衅的老兵。

"你他妈的想骗钱。"那老兵边说边抓起一个啤酒瓶想朝弗雷迪砸过去。当他的手刚抓紧酒瓶，弗雷迪的右手在吧台上挥了半圈，把一个刚才被餐巾盖住的大盐瓶砸在了那个老兵头上。

"利落吧？"满脸是血的那个老兵说，"漂亮吧？"

"你真该看看他用锯短的台球杆敲打他们。"另一个老兵说。

被盐瓶砸中的那个家伙晃晃悠悠地倒下，站在他身旁的两个老兵对弗雷迪怒目而视。"你这么教训他是什么意思？"

"放松，"弗雷迪说，"这瓶酒免单。嘿，华莱士。把这个家伙弄到墙边去。"

"干得漂亮吧？"满脸是血的家伙问理查德·戈登，"难道干得不漂亮？"

一个年轻壮汉拖着被盐瓶砸倒的那个家伙穿过人群，拽他站起身来，那家伙一脸懵懂地望着年轻壮汉。"滚一边去，"壮汉对他说，"自己去透透气。"

先前被退过烧的那家伙还双手托着下巴坐在墙边。年轻壮汉朝他走过去。

"你也一块儿滚，"他对那家伙说，"你在这儿只会招惹麻烦。"

"我下巴被打碎了，"被退过烧的那家伙口齿不清地说。血正从他嘴角边渗出，顺着腮帮往下滴。

"没打死你算你走运，他那么狠的一拳，"年轻壮汉对他说，"你赶快滚吧。"

"我下巴被打碎了，"被退过烧的那家伙呆滞地说，"他们打碎了我的下巴。"

"你最好快滚，"年轻壮汉对他说，"你在这儿只会惹麻烦。"

碎了下巴的那家伙被搀扶着站起身来，然后偏偏倒倒地顺着大街离去。

"我见过十来个人靠那墙边躺着，那天晚上才叫精彩，"满脸是血的那个老兵说，"第二天一整个上午我都看见这大块头拎着一个水桶在那儿收拾。你说，我难道没看见你在那儿收拾？"他问那个大个头黑人招待。

"看见了，先生，"黑人招待说，"地上好多血，收拾了好半天。可是，先生，你从来没见我收拾过谁。"

"我难道没说清楚你是拎着水桶在收拾？"满脸是血的老兵说。

"看来今天晚上也会很精彩。"另一个老兵说。"你觉得怎么样，老伙计？"他掉头问理查德·戈登。

"很好。咱们再喝一瓶怎样？"

理查德·戈登觉得有点儿醉了。看着吧台后面镜子里自己的模样，他自己都开始感到陌生。

"你叫什么名字？"他问那个瘦高个儿共产党人。

"杰克斯，"瘦高个儿回答说，"纳尔逊·杰克斯。"

"你们来这儿之前在什么地方？"

"哦，满世界跑，"瘦高个儿说，"墨西哥、古巴、南美洲，反正满世界跑。"

"真羡慕你们。"理查德·戈登说。

"为啥要羡慕我们？你干吗不做自己的事。"

"我已经写出三本书了，"理查德·戈登说，"眼下我正在写一本关于加斯托尼亚[①]的书。"

"好，"瘦高个儿说，"太好了。你说你叫什么名字来着。"

"理查德·戈登。"

"哦。"瘦高个儿说。

"你这'哦'是什么意思？"

"没什么意思。"瘦高个儿说。

"你读过那几本书吗？"理查德·戈登问。

"读过。"

"那你喜欢它们？"

"不。"瘦高个儿回答。

"为什么？"

"我不想说。"

"直说无妨。"

"我认问那些书简直在胡说八道。"瘦高个儿说完便转身离去。

"我想今晚属于我，"理查德·戈登说，"这是我精彩的一晚。你刚才说你要喝啥？"他问那个满脸是血的老兵，"我兜里还有两美元。"

"我想再来瓶啤酒，"满脸是血的老兵说，"听着，你是我的好朋友。我觉得你的书挺棒。让那个该死的激进分子见鬼去吧。"

"你身边带着你写的书吗？"另一个老兵问，"朋友，我倒想读读。你给《西部故事》或《战争勇士》写稿吗？我可以天天都读《战争勇士》。"

[①] 加斯托尼亚（Gastonia），美国北卡罗来纳州西南部一工业城市。

"那高个儿怪人是谁？"理查德·戈登问。

"我告诉你吧，那就是个激进的杂种，"另一个老兵说，"这种人军营里到处都是。我们应该把他们赶出军营，但我告诉你，军营里大部分家伙都记不住。"

"记不住什么？"满脸是血的那个老兵问。

"啥都记不住。"另一个老兵说。

"你懂我吗？"满脸是血的老兵问戈登。

"我懂。"理查德·戈登说。

"你相信我有这世界上最好的老婆吗？"满脸是血的老兵问。

"干吗不相信？"

"哦，我真有，"满脸是血的老兵说，"那姑娘爱我都爱疯了。她就像我的奴隶。我叫她'给我来杯咖啡'，她就会说'好的，老公'。就是这样。其他所有事也都是这样。她爱我都爱疯了。我的任何想法对她来说都是圣旨。"

"可她在哪儿呢？"另一个老兵问。

"对呀，"满脸是血的老兵说，"对呀，朋友，她在哪儿呢？"

"他连她在哪儿都不知道。"另一个老兵说。

"不单单是这样，"满脸是血的老兵说，"我都不清楚我最后见她的地方是哪儿。"

"他甚至不清楚她在哪个国家。"

"可你听我说，伙计，"满脸是血的老兵说，"不管那小姑娘这会儿在哪儿，她对我都是忠心的。"

"这倒一点儿不假，"另一个老兵说，"这事你可以用命打赌。"

"有时候呀，"满脸是血的老兵说，"我觉得她兴许就是金格尔·罗杰斯①，她已经开始去拍电影了。"

"干吗不？"另一个老兵说。

"可有时候，我只是看见她在我住的地方静静地等我。"

"把家里的炉火烧得旺旺的，等着你回去。"另一个老兵说。

"正是，"满脸是血的老兵说，"她真是这世界上最好的小女人。"

"听着，"另一个老兵说，"我老妈也是天下最好的女人。"

"那是当然。"

"她已经死了，"另一个老兵说，"我们就不说她了。"

"你还没结婚吧，朋友？"满脸是血的老兵问理查德·戈登。

"当然结了。"戈登回答。顺着吧台，隔着四个人，他能看见麦克沃尔斯教授那张通红的脸、那双碧蓝的眼睛，还有那溜沾有啤酒沫的浅褐色小胡子。他看见他喝完一杯啤酒，然后翘起下唇舔了舔小胡子上的泡沫。当他俩四目相对时，理查德·戈登注意到对面那双眼睛有多蓝多亮。

盯着自己的情敌，理查德·戈登感到一阵胸闷，一阵恶心。他第一次品尝到了被另一个男人夺走妻子是一种什么感觉。

"怎么啦，老朋友？"满脸是血的老兵关切地问。

"没事。"

"你感觉不舒服。我看得出你感觉不舒服。"

---

① 金格尔·罗杰斯（Ginger Rogers，1911—1995），美国著名女演员，14 岁开始舞蹈演员生涯，后来在派拉蒙公司出演电影，代表作有《风流舰队》《锦绣天堂》等，1940 年因主演《女人万岁》获得奥斯卡最佳女主角奖。

"没有。"理查德·戈登说。

"看上去你就像看见了鬼魂。"

"你看见那个家伙吗，有一溜小胡子的那个？"理查德·戈登问。

"那家伙？"

"对。"

"他是怎么回事？"满脸是血的老兵问。

"没事，"理查德·戈登说，"真他妈的该死。没事。"

"他找你麻烦了？我们可以让他退退烧。咱们仨一起扑上去，你可以把他痛打一顿。"

"不，"理查德·戈登说，"那不会有任何好处。"

"那等他出去时咱们再收拾他，"满脸是血的老兵说，"我不喜欢他那副模样。那狗娘养的看上去就像条恶棍。"

"我恨他，"理查德·戈登说，"他毁了我的生活。"

"我们会叫他知道厉害，"另一位老兵说，"那个一头黄毛的卑鄙家伙。听我说，雷德，抄上两个酒瓶。我们要把他揍个半死。听着，朋友，他是什么时候得罪你的？很好，我们先再喝一瓶？"

"我们还有一美元七十美分。"理查德·戈登说。

"那我们最好喝点有劲儿的，"满脸是血的老兵说，"这会儿我想去撒泡尿了。"

"不，"另一个老兵说，"你喝这啤酒正好。这是鲜啤酒。继续喝这个。我们先去把那个家伙痛打一顿，回来再接着喝。"

"不，别去动他。"

"不行，老朋友。别拦住我们。你说那家伙毁了你老婆。"

"是毁了我的生活，不是我老婆。"①

"天哪！对不起，老朋友。我真抱歉。"

"那家伙借钱不还，还砸了银行，"一个老兵说，"我打赌有笔悬赏金在捉拿他呢。老天作证，今天我在邮局还看见悬赏他的照片。"

"你去邮局干啥？"另一个老兵狐疑地问。

"我就不能去取封信吗？"

"在军营收不到信还是怎么的？"

"你该不会以为我去了邮政储蓄吧？"

"那你去邮局干啥？"

"我只是路过那里。"

"看打。"他的同伴边说边向他扑过去，接着两人就在人群中扭打起来。

"那两兄弟又打起来了。"旁边有人喊道。那两个家伙又抓又扯、又踢又撞地扭打着出了酒吧。

"让他们去人行道上打吧，"一个肩宽体壮的年轻人说，"这些狗娘养的一晚上得打三四场才算完事。"

"他俩就是一对白痴，"另外有一个老兵说，"雷德过去挺能打的，可他早就被揍蒙了。"

"他俩都已经被揍蒙了。"

"雷德是在拳击场上被一个家伙揍蒙的，"一个矮胖的老兵说，

---

① 英语 life（生活）和 wife（老婆）发音相似，加之两位老兵都喝多了酒，故有此误听。

"这家伙被揍蒙那次还被揍得皮开肉绽。他俩每次扭打在一起时，这家伙都会用肩头去顶雷德的鼻子，或撞他的嘴巴。"

"哦，啐！他干吗要拿自己的脸给人家顶撞？"

"雷德打架就是那副姿势，老低着脑袋。看，就这样。这家伙当然毫不留情。"

"哦，啐！这都是胡说八道，谁也不会因打场架就被谁给打蒙了。"

"那是你这样认为。听着，雷德曾是你见过的最清白最活泼的小伙子。我了解他。他过去就在我们连队。他曾是个优秀的士兵。我是说非常优秀。他也结过婚，娶了个好姑娘。我是说很好的姑娘。那个本尼·桑普森把他打蒙可是真真切切，就像我这会儿站在这里一样真切。"

"那你坐下来讲，"另一个老兵说，"狗娃①又是在哪儿被打蒙的呢？"

"他是在上海被打蒙的。"

"你被人打蒙是在哪儿？"

"我可没被谁打蒙过。"

"肥皂泡是在哪儿被打蒙的？"

"在布雷斯特②，和一个姑娘分手后在回军营的路上。"

"你们这些家伙老说这个，不是揍蒙就是打蒙。蒙不蒙有什么

---

① "狗娃"和下文的"肥皂泡"是两个老兵的绰号。

② 布雷斯特（Brest），法国西北部港口城市，位于布列塔尼半岛西端、布雷斯特湾北岸。

区别吗？"

"没区别，我们现在都蒙，"一个老兵接过话头，"蒙了就快活了。"

"狗娃更快活，快活得都不知道自己姓什么了。"

"什么是'蒙'？"麦克沃尔斯教授问挨着他的那人。那人给他解释了一番。

"我想知道这个说法的出处。"麦克沃尔斯教授说。

"我也不知道，"那人说，"我一入伍就老听人说被揍蒙，有人说打蒙，但通常说揍蒙。"

"我倒真想知道出处，"麦克沃尔斯教授说，"这种字眼多半都来源于古英语。"

"他们干吗把这叫'蒙'？"麦克沃尔斯教授身边那人掉头问另一个人。

"我哪儿知道。"

似乎谁也不知道这问题的答案，但大家都很享受讨论词源学问题的严肃气氛。

这时候理查德·戈登的位置同麦克沃尔斯教授挨在了一起。当雷德同狗娃开始厮打时，他就被挤过来了，不过他对位置的变化并不反感。

"你好，"麦克沃尔斯教授招呼道，"想喝一杯吗？"

"不想跟你喝。"理查德·戈登说。

"我想你是对的，"麦克沃尔斯教授说，"你以前见过这种场面吗？"

"没见过。"理查德·戈登说。

"这倒很奇怪，"麦克沃尔斯教授说，"这些家伙太令人吃惊了。我晚上总爱来这儿。"

"你就从没遇到过麻烦？"

"没有啊。我干吗会遇到麻烦呢？"

"醉酒打架。"

"我似乎从没遇到过什么麻烦。"

"我有两个朋友刚才就想揍你一顿。"

"好啊。"

"我要允许他们动手就好了。"

"我想那并没多大区别，"麦克沃尔斯教授用他那种古怪的口吻说，"要是我待在这儿惹你生气，我可以走。"

"不，"理查德·戈登说，"我倒有点儿喜欢这样挨着你。"

"噢。"麦克沃尔斯教授说。

"你以前结过婚吗？"理查德·戈登问。

"结过。"

"后来呢？"

"我妻子在1918年那场大流感中死了。"

"你为什么现在又想结婚呢？"

"我想我现在最好结婚。我认为现在我也许能成为一个更好的丈夫。"

"所以你就挑了我妻子。"

"是的。"麦克沃尔斯教授说。

"你他妈的。"理查德·戈登照着教授的脸上就挥出一拳。

有人抓住了他的胳膊。他猛地挣开，但随即有人给了他后脑勺一拳。他还能看清麦克沃尔斯教授，就在他跟前，靠着吧台，脸依然通红，眨巴着那双蓝眼睛，伸手去拿另一杯啤酒来替换刚才被他打翻的那杯。理查德·戈登缩回手臂，准备再次挥拳，但还没来得及出手，什么东西又狠狠砸在他后脑勺上，他只觉得所有的灯都突然闪亮，飞速旋转，然后熄灭了。

然后他就站在了弗雷迪酒吧门口。他脑袋里嗡嗡作响，拥挤的酒吧还在轻轻晃荡，慢慢旋转，他感到一阵恶心。他能意识到所有人都盯着他看。那个肩宽体壮的年轻人正站在他身边。"听着，"那年轻人说，"你别在这儿捣乱。那些酒鬼在这儿，麻烦已够多了。"

"刚才是谁打我？"理查德·戈登问。

"是我打的，"宽肩头年轻人说，"那位先生是这里的常客。你应该放松点儿。你不该在这里打架。"

偏偏倒倒地站在那里，理查德·戈登看见麦克沃尔斯教授离开吧台，挤过人群，朝自己走来。"对不起，"他说，"我不想看见有人揍你。我并不怪你这样宣泄感情。"

"你他妈的。"理查德·戈登骂着朝他扑去。他能记住的最后一幕便是那个宽肩头年轻人突然挡在他跟前，微微垂下肩头，接着又狠狠给了他一拳。这次他摔倒在水泥地上，脸紧紧地贴着地面。宽肩头年轻人转向麦克沃尔斯教授，"没事了，博士，"他非常殷勤地说，"这下他不会再骚扰你了。他这是怎么回事？"

"我得送他回去，"麦克沃尔斯教授说，"他不会有事吧。"

"当然。"

"请帮我把他搀进出租车。"麦克沃尔斯教授说。他俩搀扶着理查德·戈登出了门，在司机的帮助下把他塞进了一辆老式的T型出租车。

"你确定他会没事？"麦克沃尔斯教授问宽肩头年轻人。

"要让他醒来，你只需扯扯他的耳朵，往他脸上浇点水就行了。但要当心他醒来后又想打架。别让他抓住你，博士。"

"好的。"麦克沃尔斯教授说。

理查德·戈登以一种奇怪的姿势躺在汽车后座，发出又粗又沉的呼吸声。麦克沃尔斯用胳膊托着他的头，以防它在座位上碰撞。

"我们去哪儿？"出租车司机问。

"往外走，去城的另一头，"麦克沃尔斯教授说，"过公园后从卖鲻鱼的地方顺着大街开。"

"那是洛基路。"司机说。

"对。"麦克沃尔斯教授说。

当他们从那条街的第一家咖啡店经过时，麦克沃尔斯教授叫司机停车。他想进去买盒烟。他把理查德·戈登的头小心地放在座位上，下车进了咖啡店，但当他买好烟回来时，发现理查德·戈登已不在车上。

"他上哪儿去了？"他问司机。

"就在前面呢。"司机说。

"追上他。"

当出租车追上在人行道上蹒跚而行的理查德·戈登时，麦克沃尔斯教授下车迎了上去。

"来，戈登。咱们回去。"

“咱们？”偏偏倒倒的戈登盯着他问。

“我想让你乘这辆车回去。”

“你见鬼去吧！”

“我希望你上车，”麦克沃尔斯教授说，“我希望你平平安安地回去。”

“你那伙人在哪儿？”理查德·戈登问。

“什么那伙人？”

“你那伙打我的人。”

“那是酒吧保安。我当时并不知道他会动手打你。”

“撒谎。”理查德·戈登边说边挥手去打他眼前那张红通通的脸，但他打了个空，脚下一滑，跪倒在地上。他慢慢站起身来，膝盖在地上擦破了也不知道。

“来，来吧，干……干一仗。”他结结巴巴地说。

“我不和谁干仗，”麦克沃尔斯教授说，“只要你上车，我就离开。”

“见鬼去吧！”理查德·戈登啐了一口，转身沿着那条街走去。

“随他去吧，”出租车司机说，“他现在没事了。”

“你觉得他会没事？”

“真见鬼，”出租车司机说，“他肯定没事。”

“我很担心他。”麦克沃尔斯教授说。

“可你不跟他干一仗就没法让他上车，”出租车司机说，“让他去吧。他会没事的。他是你兄弟。”

“差不多是吧。”麦克沃尔斯教授说。

他望着理查德·戈登东倒西歪地沿街而去，直到他的背影在街边大树的阴影中消失，那些大树的枝条像根须一样下垂，并像根一样长进地里。望着戈登离去的身影，麦克沃尔斯教授的思绪并不令人愉快。他心中暗想，这是一桩不可饶恕的罪过，一桩十恶不赦的大罪，也是一种极大的残忍，虽然从严格的法律意义上讲，任何人的心之所好都可以被允许得到最终结果，但我不能原谅自己。可从另一方面讲，医生不能因怕弄痛病人就停止手术，但为什么对生活做手术就偏偏不能用麻醉剂呢？如果我是个更好的人，我就会让他揍我一顿。这样会让他好受一些。那可怜的傻瓜，可怜的流浪汉哟。我应该和他待在一起，但我知道，那会让他更加难受。我感到羞愧，我厌恶自己，厌恶自己所做的一切。这事到头来可能也会很糟糕。但我决不能去想这点。我现在要继续使用我已经用了十七年①的麻醉剂，反正也用不了多少年头了。尽管这可能是一种我为之编造了借口的堕落，尽管这无论如何也是一种适合于我的堕落，但我仍然希望自己能帮帮那个我正在伤害的可怜家伙。

"送我回弗雷迪酒吧。"他对出租车司机说。

---

① 这"十七年"指从麦克沃尔斯之妻死亡的1918年到这段故事发生的1935年。

第二十三章

拖着"海螺王后号"的海岸警卫队快艇正沿着礁脉和佛罗里达群岛之间的鹰航道行驶。轻柔的北风与正在涨潮的海水横切，快艇在迎面而来的碎浪中颠簸，不过拖在后面的那条白船倒很平稳。

"只要不刮风，船会没事的，"快艇艇长说，"拖得也还算平稳。那个罗比造的船的确不错。你能听懂他那些胡话吗？"

"听不出他那些话有什么意思，"副艇长说，"他已经完全神志不清了。"

"我想他肯定会死掉，"艇长说，"肚子上挨那样一枪。你认为是他杀了那四个古巴人吗？"

"没法确定。我问过他，可他听不明白我在说什么。"

"我们有必要再去跟他说说话吗？"

"那就去看看吧。"

留下舵手把舵，让快艇沿着指向标指定的航道继续行驶，他俩来到了驾驶舱后面的艇长室。哈里·摩根躺在那个铁管支撑的铺位上。他闭着双眼，但当艇长轻轻拍他的宽阔的肩膀时，他睁开了眼睛。

"感觉怎么样，哈里？"艇长问。哈里望着艇长，没吭声。

"我们能帮你点儿什么忙吗，伙计？"艇长又问。

哈里·摩根只是望着他。

"他听不见你说什么。"副艇长说。

"哈里，"艇长继续问，"你需要什么吗？"

他在铺位旁万向架上的水瓶里打湿了毛巾，润了润哈里·摩根皲裂的嘴唇。那两片干巴巴的嘴唇看上去已发乌。哈里·摩根望着他，开始说话。"一个人。"他说。

"没错，"艇长说，"继续讲。"

"一个人，"哈里·摩根非常缓慢地说，"不会有……没有……真没有，任何出路。"他停了下来。他说话时脸上没有一丝表情。

"接着讲，哈里，"艇长说，"告诉我们这是谁干的。这一切是怎样发生的？"

"一个人。"哈利说，现在他高颧骨宽脸上那双眼睛眯缝起来，直愣愣地盯着艇长，显然想告诉他什么。

"是四个人。"艇长想启发哈里，他用湿毛巾再次润了润他的嘴唇，还拧出几滴水珠滴在那两片嘴唇之间。

"一个人。"哈里纠正道，然后停了下来。

"好吧，是一个人。"艇长说。

"一个人，"哈利又开始面无表情地说，那两片干裂的嘴唇嚅动得很慢，"现在，不管怎样，无论如何，事情该怎样，到头来还……怎样。"

艇长看着副艇长，摇了摇头。

"谁干的，哈里？"副艇长问。

哈里看着他。

"别自欺欺人。"他说。艇长和副艇长双双朝他俯下身子。这下他说了一长段话。"就像努力要在山顶上超车。在古巴那条路上。在任何一条路上。在任何地方。都是那么回事。我是说凡事都是那么回事。事情就那样发生。有时候很顺利。兴许还有运气。一个人。"他停了下来。艇长再次朝副艇长摇了摇头。哈里·摩根面无表情地望着他。艇长又用湿毛巾润了润哈利的嘴唇。嘴唇在毛巾上留下了血迹。

"一个人，"哈里·摩根盯着他俩说，"一个人单枪匹马……不行了。现在靠单干，谁都不行。"他顿了顿又说："一个人，不管怎么干，单枪匹马，真他妈没机会。"

说完这段话他闭上了眼睛。说出这段话费了他很长时间，明白这段话花了他整整一生。

他躺在那里，再次睁开双眼。

"快过来。"艇长对副艇长说，然后问哈里，"你真的不想要点什么？"

哈里望着他，但没有回答。他已经告诉了他们，但他们没听见。

"我们会再来的，"艇长对他说，"放松点，伙计。"

哈里·摩根看着他俩出了船舱。

在前面的驾驶舱里，望着垂下的夜幕和松布雷罗岛灯塔开始射向海面的灯光，副艇长说："他那样神志不清，真让人心惊肉跳。"

"可怜的家伙，"艇长说，"好吧，我们就快到家了。后半夜我们就会把他送到。只要后面拖的那条船不让我们减速就行了。"

"你认为他能活下来吗？"

"不，"艇长说，"不过这种事谁也说不准。"

第二十四章

铁门外漆黑的街道上集聚了许多人。这道铁门是由原来的潜艇基地改建而成的游艇内港的入口。那名古巴看守此前曾接到命令，今晚不许任何人进入。人群靠着栅栏，从铁栏杆之间的空隙朝里边张望，里边也黑洞洞的，只有靠近水边的地方被码头上游艇的灯光映亮。人群很安静，只有基韦斯特的人群才可能这样安静。这时有两个人推搡着穿过人群，挤到铁门边，来到看守跟前。

"嘿，你们不能进来。"看守说。

"见鬼，我们是游艇上的人。"

"不管什么人都不能进来，"看守坚持说，"回去。"

"别犯傻了。"两人中的一人边说边把看守推到一边，随后两人径直朝码头走去。

在他们身后，人群依然集聚在铁门外，那个戴着帽子、留着胡子、威严扫地的小个子看守焦虑不安地站在门边，真希望自己能有权力把大铁门锁上。那两人大踏步走上那段坡路时，看见前方有一群人守候在海岸警卫队的专用船位前，但他俩经过那里时没去注意那群人，而是顺着码头，经过其他停泊的游艇，径直到了"新埃克苏马二号"游艇停泊的五号船位，在探照灯光的映照下，从粗糙的木墩桥板踏上了光滑的柚木甲板。他俩在主舱里两张宽大的皮沙发上坐下，沙发靠着一张长桌，长桌上摊着几本杂志，他们中的一人揿铃唤来了服务员。

"苏格拉威士忌加苏打水，"他吩咐道，"你也来一杯，亨利？"

"好的。"亨利·卡彭特说。

"刚才那看门的蠢驴犯了哪根神经？"

"我也不知道。"亨利·卡彭特说。

穿白色制服的服务员送来了两杯威士忌。

"放放我晚饭后取出的那些唱片。"这位名叫华莱士·约翰斯顿的游艇主人说。

"恐怕我已把那些唱片给收起来了，先生。"那个服务员说。

"该死的，"华莱士·约翰斯顿说，"那就放新出的那套《巴赫专辑》吧。"

"好的，先生。"服务员应答着走向唱片柜，取出一张唱片，然后走到留声机跟前，开始放巴赫的《萨拉班德舞曲》。

"你今天见过汤米·布拉德利吗？"亨利·卡彭特问，"飞机到达时我看见他了。"

"他真叫我受不了，"华莱士说，"他和他那个荡妇妻子都叫人难以忍受。"

"我倒是喜欢埃莱娜，"亨利·卡彭特说，"她总是过得那么快活。"

"你跟她一起快活过？"

"当然，真是妙不可言。"

"我无论如何也受不了她，"华莱士·约翰斯顿说，"看在上帝分上，她干吗要住在这里。"

"他们在这儿有幢漂亮的别墅。"

"这里倒是个干干净净的游艇港湾，"华莱士·约翰斯顿说，"对啦，汤米·布拉德利真的阳痿吗？"

"我看倒未必。你听人人都那么说。其实他只是宽容，不在乎戴绿帽子罢了。"

"宽容真好。如果真有人宽容，他妻子倒肯定算得上一个。"

"她是个很好的女人，"亨利·卡彭特说，"你会喜欢上她的，沃利①。"

"我肯定不会，"华莱士说，"女人身上我憎恶的一切她身上都有，而男人身上我憎恶的一切都在汤米·布拉德利身上。"

"你今晚感觉太强硬了。"

"你倒是永远都不会强硬，因为你缺乏坚韧，"华莱士·约翰斯顿说，"你总是拿不定主意。你甚至都不知道自己是什么样的人。"

"就别说我的事了吧。"亨利·卡彭特说着点燃了一支香烟。

"我干吗不能说你？"

"好吧，你不能说我的原因之一就是我跟你上了你这条该死的船，至少我经常在做你想要我做的事，这让你避免了为那些饭店招待和船上水手的敲诈付钱，一件件，一桩桩，那些事知道它们是些什么事，也知道你是个什么人。"

"你今晚倒颇有兴致，"华莱士·约翰斯顿说，"你要知道，我从不为敲诈买单。"

---

① 沃利：华莱士的昵称。

"不。你是醉得不能买单。你有我这样的朋友替你应付。"

"我倒是没有过像你这样的朋友。"

"别给我灌迷魂汤，"亨利·卡彭特说，"今晚我不吃这套。继续听你的巴赫吧，继续骂你的侍者吧，继续喝你的威士忌吧，然后上床睡觉。"

"你今晚吃错什么药了？"华莱士从沙发中站了起来。"你他妈的怎么变得这样讨厌？你要知道，你可不是什么便宜货。"

"我知道，"亨利说，"到明天白天我就开心了。但今晚很糟糕。你难道没注意过晚上有什么不同吗？我想呀，只要你的钱够多，白天晚上就没什么不同了。"

"你这样说话就像个女学生。"

"晚安，"亨利·卡彭特说，"我不是什么女学生，也不是男学生。我要去睡了。睡到天亮一切都会好的。"

"你丢了什么东西吧？什么事会让你如此沮丧？"

"我丢了三百美金。"

"知道吗？我早就知道是这么回事。"

"你总是无所不知，对不对？"

"可你瞧，你的确丢了三百。"

"我丢的远比那多。"

"多多少？"

"我丢了满堂彩，"亨利·卡彭特说，"丢了终生大奖。我现在玩的这台角子老虎机再也不会吐出头奖了。今晚我只是碰巧想到了这事。平常我也不会去想。现在我去睡觉了，免得惹你烦。"

"我才不会烦你呢。但说话请别这么无礼。"

"恐怕不是我无礼,是你惹我烦了。晚安。明天一起来都会好起来的。"

"你真他妈的无礼。"

"要么你接受,要么我走人,"亨利说,"我这辈子就是这样过来的。"

"晚安。"华莱士·约翰斯顿心有不甘地说。

亨利·卡彭特没有回答。他正在听巴赫那首《萨拉班德舞曲》。

"别这样气鼓鼓地上床,"华莱士·约翰斯顿说,"干吗这么容易激动?"

"别说了。"

"我干吗不说?我以前也见过你恢复冷静。"

"别说了。"

"来喝杯酒吧,高兴高兴。"

"我不想喝酒。喝酒也不会让我高兴。"

"那好吧,去睡吧。"

"我这就去。"亨利·卡彭特说。

这就是那天晚上"新埃克苏马二号"游艇上的情况。船上有十二名船员,有船长尼尔斯·拉森,还有船主华莱士·约翰斯顿,三十八岁,哈佛大学文学硕士,作曲家,开丝绸厂赚钱,未婚,在巴黎的居留权被剥夺,但从阿尔及尔到比斯克拉① 都广为人知;另外有位客人亨利·卡彭特,三十六岁,哈佛大学文学硕

---

① 比斯克拉(Biskra),阿尔及利亚东北部一城市,比斯克拉省省会。

士，现在每月从他母亲的信托基金得到两百美元，此前一直都是每月四百五十美元，直到管理信托基金的银行将一种优良证券换成另一种优良证券，再换成另外一些不太优良的证券，最后又换成了银行收回的一栋作为抵押的写字楼的股票，最终使基金贬值，无利可图。而在收入减少之前的很长一段时间里，人们说起亨利·卡彭特，会说他即使不用降落伞从千米高空坠落，也会凭他的双膝安然降落在某位富豪的桌下。但他高估了朋友们对他的友情，虽然他只是最近才偶尔感觉到，或者只是偶尔才像今晚这样表露，但他的朋友们早已觉得他不行了。假若他不曾感觉到自己正在每况愈下，假若他没有凭直觉发现圈子里的某人不对劲，一心想把他逐出圈子，假若他像真正的富人那样不可能被毁掉，那他就不会沦落到接受华莱士·约翰斯顿款待的地步。事实上，趣味特殊的华莱士·约翰斯顿是亨利·卡彭特的最后一搏，连他都不知道，与其说他是真在追求结束他俩的关系，不如说他是在捍卫自己的地位；他近来表现出的言词无礼和对自己地位的深深担忧，对另一个人都颇有刺激性和诱惑性，因为考虑到亨利·卡彭特的年龄，那个人对他的百依百顺可能很容易产生厌倦。就这样，亨利·卡彭特把他不可避免的自杀推迟了几个星期甚至几个月。

那笔不值得亨利·卡彭特活下去的每月收入，比三天前死去的渔民阿伯特·特雷西每月养家糊口的钱多出一百七十美元。

在停泊在码头上的其他游艇上，还有其他一些遇上了其他麻烦的人。在那几艘最大的游艇中，有一条漂亮的黑色三桅帆船，此时一位年逾六旬的谷物经纪人正大睁着眼睛躺在床上，为他办公室送来的那份国家税务局调查人员行踪的报告而忧心忡忡。通常，在晚间的这个时候，他会用苏格兰威士忌来减轻自己的忧虑，喝上几杯掺苏打水再加冰块的苏格兰威士忌，他会觉得自己和海边的这些老伙计们一样坚强无比，不会顾忌任何后果，因为就性格和行为准则而言，他和他们的确有许多共同之处。但他的医生禁止他喝酒已经有一个月了，实际上是要他三个月内滴酒不沾，医生说，如果他不至少戒酒三个月，一年内酒精就会要他的命，所以他打算休养一个月；此刻他正忧心忡忡，因为他出城前还曾接到税务局的电话，问他现在确切的去处，还问他是否打算离开美国沿海水域。

此时此刻，他穿着睡衣躺在宽大的床上，头下枕着两个枕头，阅读灯亮着，但他没法把注意力集中到眼前的书上，这本书记述的是一次加拉帕戈斯①之旅。他从前决不会把书带到这张床上。他总是在专门藏书的舱房读完书后才回这张床睡觉。这里是他自己的卧舱，就像他的办公室一样私密。他从来没让女人进过他这间卧舱。他想要某个女人时会自己去那个女人的舱房，这样当他完事了也就完事了，而当他彻底完事后，他的头脑会变得清醒而冷静，在过去的日子里，这种清醒冷静从来都是他完事之后的事后效果。现在他躺在床上，没有那么多年来一直都有的那种温馨的迷糊，也没有一直都能使他头脑平静、内心温暖的那种酒后之勇，他只想知道那个部门找到了些什么，发现了些什么，会捣鼓出些什么，他们会承认哪些款项是正常收入，他们会认定哪些款项是

---

① 加拉帕戈斯（Galapagos），即加拉帕戈斯群岛（Galapagos Islands），位于太平洋东部，属厄瓜多尔，东距厄瓜多尔海岸约 1000 公里。

偷税漏税；他并不怕他们，只是恨他们，恨他们会目空一切地使用其权力，从而击穿他那份坚韧持久但微不足道的傲慢，那是他所拥有并真正通过正当手段获得的能持久的东西。如果他感到害怕了，那一切都完了。

他没去想任何抽象的概念，而是想交易，想销售，想转账，想赠品，想股票，想成包的商品，想上千蒲式耳的谷物，想选择买卖的特权，想控股公司，想信托财产，想子公司，而当他把这一切都想过之后，他知道那些人已掌握很多情况，多得足以让他好些年都不得安生。如果他们不妥协，那事情会非常糟糕。要是在从前，他不会为此忧心，但现在他的斗志和他身体的其他部分一样都累了，现在他得独自面对这一切。此刻他躺在又大又宽的老式床上，既无心读书，也无法安睡。

在与他貌合神离地凑合了二十年后，他妻子于十年前跟他离婚了。他从没想念过她，也从没爱过她。他当年是用她的钱起家的，她给他生了两个儿子，那两个儿子和他们的母亲一样愚蠢。他也曾对她好过，但当他赚的钱达到她原始本金的两倍时，他就有本钱对她不理不睬了。有了自己赚的大量的钱，她的头疼、抱怨或想法就再也不让他烦恼了。他对那一切都全然不顾。

他在投机冒险方面具有令人赞叹的天赋，因为他具有超乎寻常的性能力，而这种性能力总能使他信心满满地去孤注一掷。他有判断能力；他有一个精于计算的头脑；他有一种随时存在但却能自我控制的疑心，这种疑心对危险迫近之敏感，就像气压表测气压那样精确；他还有一种正确的时间观念，这种观念使他既不急于求成也不甘居人后。这些天赋再加上他的薄义寡德，又让他获得了一种既讨人喜欢但又不以喜欢或信任他人作为回报的能力；与此同时，他还能使别人真心诚意地相信他的友情，而他的友情并非出于无私，而是出于对别人的成功所产生的兴趣，其兴趣之浓往往会使别人不知不觉就成了他的同伙；他不知懊悔自责为何物，也从没有过怜悯之心；而所有这一切，就让他成了今天这副模样。此刻他躺在床上，一套饰有条纹的丝绸睡衣裤遮住了他萎缩的胸部，臃肿的肚腩，松弛的小腿，还有两腿之间他曾经为之自豪、如今已百无一用、而且大得不成比例的那具阳物。此刻他躺在床上无法入眠，因为他终于开始懊悔。

他懊悔的是，五年前他要是不那么精明就好了。他当时完全可以不玩心计，照章纳税，如果他那样做了，现在就没事了。他就这样躺着想那桩往事，最后居然睡着了；但悔恨一旦找到缝隙就会开始渗入，他并不知道自己睡着了，因为他的大脑还像他醒着时那样在继续思考。所以他不会得到安宁，在他这把年纪，悔恨用不了多会儿就会惊扰他的睡梦。

他过去常说，只有傻瓜才会忧心忡忡，而直到他开始不能安然入睡之前，他一直都能抛开忧虑。他现在本来也可以一睡解千愁，但忧虑总会溜进睡梦，而既然他这么老了，忧虑溜进来也就容易多了。

他大概无需为自己曾对别人做了些什么而感到担忧，无需为那些人因他之故出了什么事而感到烦恼，也无需为那些人如何结束自己的生命而感到难过。他不会去想从湖滨大道的大房子搬到奥斯汀郊外住寄宿棚屋的那个人，不会去想他那几个刚成年的女儿现在能找到的工作就是在牙科诊所当助理；他不会去想那个因陷入最后一场困境而被迫在六十三岁时去当守夜人的家伙；他不会去想那个一大早没吃早餐就开枪自杀的人，不会去想是他的哪个孩子发现了父亲的尸体，不会去想当时的情形看起来有多糟；他不会去想那个现在每天乘高架列车去伯温城找活儿干的人，有活儿干的时候，他先是推销债券，接着推销汽车，然后又挨家挨户兜售各种新鲜玩意儿（请走开，我们不需要小贩，门砰的一声在他面前关上），最后他没有学他父亲像雄鹰俯冲那样从四十二层楼一头跳下，而是迎着从奥罗拉开往埃尔金的火车一步跨上了三号铁轨，当时他大衣口袋里还塞满了卖不出去的搅蛋器和榨汁机。看我给你摆弄摆弄，夫人。把这个接在这儿，再把这玩意儿拧紧。你看。不，我不看。我不买这玩意儿。就试用一个吧。不，我不需要。快出去。

于是他出去了，走上了通向奥罗拉至埃尔金铁路的那条小路，小路旁散落着一间间木板房，木板房前那些小院和梓树都是光秃秃的，那里的人谁也不想买搅蛋器、榨汁机，或别的什么新鲜玩意儿。

有人从公寓或办公室的窗户跳楼坠亡；有人躲在车库里发动汽车静静地了结生命；有人则采用美国最传统的方式，扣动柯尔特自动手枪或史密斯韦森左轮手枪的扳机；这些构造精良的器械可以结束失眠，消除悔恨，避免破产，治愈癌症，只要手指轻轻一扣，就可以摆脱不堪忍受的处境；当美国梦变成噩梦时，这些设计精良、携带方便、效果可靠、令人赞叹的美国器械最适宜用来结束这场噩梦，其唯一的缺点就是使用者会为亲属留下需清理的污秽。

被这位谷物经纪人整垮的人分别选择了以上不同的退路，但这位经纪人从未因此而感到过不安。这世上总得有人输，只有傻瓜才会忧心忡忡。

对，他无需去想那些人，也无需去想成功投机买卖所产生的副产品。你赢，就总得有人输，而只有傻瓜才会为此担忧。

只需想想他五年前要是不那么精明现在的情况该有多好，这对他来说就应该够了。可在他这把年纪，任何想改变不可能改变之事的念头都可能露出破绽，从而让忧虑乘虚而入。只有傻瓜才会忧心忡忡。不过只要能喝上一杯掺苏打水的威士忌，他就可以化解忧虑。让医生的禁酒令见鬼去吧。于是他撳铃要酒，睡眼惺忪的服务员应声而至。一杯酒下肚，这位会思想的投机商不再是傻瓜，因为他已一命呜呼。

此时在毗邻的一艘游艇上，一个三口之家正在酣睡。这是一个正直、刻板、讨人喜欢的家庭，父亲寸心不昧，侧着身子睡得挺香，他头顶上方画框里的一艘横帆船正在乘风破浪，阅读灯亮着，一本书掉落在床边。母亲也睡得很香，此时正梦见自己的花园。她已经五十岁了，但仍然是个漂亮、健康、保养良好的女人，睡觉的样子依然好看。女儿正梦见她那位将于明天乘飞机前来的未婚夫，她睡得不太安稳，梦中还不时发出笑声；她身子像小猫一样蜷作一团，膝盖都快顶住下巴了；她有一头卷曲的金发，一张细嫩的漂亮脸蛋；她睡觉时的那副模样很像她母亲当姑娘时睡觉的样子。

他们是幸福的一家，彼此相亲相爱。父亲乐善好施，颇具公民自豪感；他反对过禁酒法令，但他并不偏执，而是慷慨大度，富于同情，善解人意，而且几乎从来不发火。他游艇上的船员住得好，吃得好，工资也挺高。他们都尊重主人，喜欢他的妻子和女儿。女儿的未婚夫是"骷髅会"①会员，人们一致认为他极有可能获得成功，出人头地；他替别人着想的时候比替自己着想的时候还多；他不仅有益于弗朗西丝这样可爱的姑娘，而且对其他任何人来说都太有益了。说不定他对弗朗西丝来说也太好了一点，但这一点要在多年后弗朗西丝才可能意识到；而如果幸运的话，她可能永远也不会意识到这一点。这类被"骷髅会"选中的男人很少会贪图床笫之欢；但对弗朗西丝这样可爱的姑娘来说，心意和行为都一样重要。

不管怎么说，这家人就这样安然酣睡，可他们从哪儿弄来那么多钱供他们潇洒花销，使他们如此幸福呢？这些钱是靠卖数以百万计的人人都需要的瓶装物赚来的。这种瓶装物的造价是一夸脱三美分，而售价则是大瓶（半夸脱）一美元，中瓶五十美分，小瓶二十五美分。不过买大瓶更划算。如果你一周挣十美元，那你买这种东西时感觉就像自己是百万富翁，而且这东西品质上乘，效用跟广告上说的一样好，有时候甚至更好。心存感激的消费者不断从世界各地写信来想知道这种产品新的效用，而老顾客对这种瓶装物则忠心耿耿，就像那位名叫哈罗德·汤普金斯的未婚夫

---

① 骷髅会（Skull and Bones）是美国的一个秘密精英社团，于1832年创建于耶鲁大学；该会每年挑选15名即将升入四年级的耶鲁杰出学生入会；加入这个社团就等于拿到了一张通往美国权力高层的门票，美国许多政要都曾是骷髅会会员，其中包括三位美国总统，即第27任总统威廉·塔夫脱（1878届会员）、第41任总统老布什（1948届会员），以及第43任总统小布什（1968届会员）。

忠于"骷髅会"，或像斯坦利·鲍德温 ① 忠于哈罗公学。用这种方法赚钱绝不会导致别人自杀，所以"阿尔奇拉三号"游艇上的每一个人都睡得很香，此时在船上酣睡的有十四名船员、船长乔恩·雅各布森，还有船主和他的家人。

四号船位停泊着一条三十四英尺长的小帆船，船上只有两个人，他俩是那些驾着二十八英尺或三十四英尺长的小船满世界漂泊、为爱沙尼亚各家报纸发回专栏文章的三百二十四个爱沙尼亚人当中的两个。他们发回的文章在爱沙尼亚广受欢迎，每篇专栏文章为其作者带来一美元或一美元三十美分的收益。这些作者用美国报纸上的棒球或橄榄球消息来填充那些专栏，并为专栏冠名为"我们勇敢的航海者来自海外的报道"。在南方海边每一个管理得当的游艇码头，至少都有两个皮肤被太阳晒黑、头发被海水漂白的爱沙尼亚人，他们正在等待上一次文章的稿费支票。他们一旦收到支票就会起航去另一个游艇码头，在那儿写另一篇海外报道。这些人也很快活，差不多与"阿尔奇拉三号"游艇上那些人一样快活。当一名勇敢的航海者真是太棒了。

"伊丽迪亚四号"游艇上也躺着两个人，一个是某大富豪的职业女婿，另一个是他的情妇多萝西。多萝西是好莱坞高薪导演约翰·霍利斯的妻子，而约翰·霍利斯的大脑正在努力想比肝脏

_____

① 斯坦利·鲍德温（Stanley Baldwin，1867—1947），英国保守党政治家，1923 至 1937 年间三度出任英国首相，曾就读于伦敦附近著名的私立学校哈罗公学。

多活些时日，好让他死时能把自己称为共产党人，从而拯救他的灵魂，因为他其余的器官已损伤得没有努力拯救的必要。那位身材魁梧、长相如海报明星般英俊的职业女婿此时正仰面躺着打鼾，但大导演的妻子多萝西·霍利斯却难以入睡，于是她穿上睡衣，走上甲板，目光从游艇码头黑沉沉的水面掠过，望向远处防波堤形成的那条界限。甲板上很凉，风吹拂着她的头发，她把被风吹到额前的头发捋了捋，又拉了拉睡衣把身子裹紧，这使她丰满的胸脯更显挺拔。这时她注意到一艘船的灯光正沿着防波堤外侧向码头靠近，灯光平稳地快速移动，移至内港入口处时，那艘船打开了探照灯扫射水面，光柱扫过游艇时让她感到一阵眩目，随着光柱的移动，她看见海岸警卫队专用船位处有一群人等在那里，还看见了一辆崭新的黑色救护车，黑色救护车是殡仪馆的，在举行葬礼时又当柩车用。

多萝西心想，我最好是吃点安眠药，因为我必须睡上一觉。可怜的埃迪又烂醉如泥。他那么喜欢喝酒，而他又那么可爱，但他一喝酒就喝醉，喝醉了就倒下呼呼大睡。他真是太可爱了。当然，即便我跟他结婚，他也会去和别的女人睡觉，我想会的。不过他真可爱。可怜的宝贝儿，醉得那么厉害。但愿他早上醒来不会感到难受。我必须下去梳梳头发，睡上一会儿。这头发被风吹得像个鸡窝。我真想在他面前显得可爱一些。他就很可爱。我真希望带了个女佣上船，不过我不能，连贝茨也不能带。我真想知道约翰的情况有多糟。哦，他也很可爱。我希望他情况会好些。他那可怜的肝脏。我真希望能在那边照顾他。我该下去睡一会儿了，这样我明天就不会显得像个丑老太婆。埃迪真可爱。约翰也很可爱，还有他那可怜的肝脏。哦，他可怜的肝脏。埃迪很可爱。我希望他别喝得那么醉。他那么魁伟，那么快活，那么了不起。也许明天他就不会喝得烂醉了。

她走下甲板，寻路回到自己的舱房，坐在镜子前开始梳头发。当长柄棕刷上百次地梳过她美丽的秀发时，她对着镜子里的自己微笑。埃迪真可爱。是的，他真可爱。我真希望他没喝得这么醉。男人都有这样那样的毛病。看看约翰的肝脏吧。当然，你不可能看见。那看起来一定非常可怕。我真高兴你看不见。其实男人身上的东西没一样可怕。怎么会有人觉得可怕，这可真逗。不过我想是肝脏。或肾脏。烧烤腰串。人有几个肾？几乎所有的器官都成双成对，除了胃和心脏，当然还有大脑。好啦。已梳了一百下了。我喜欢梳头发。这差不多就是你唯一能做的既对自己有好处又非常有趣的事情。我是说由你自己亲手做的事情。哦，埃迪真可爱。我就去他的船舱吧。不，他醉得太厉害了。可怜的孩子。我得吃点安眠药。

她冲着镜子里的自己扮了个鬼脸，轻声说："你最好把安眠药给我吃了。"

她从床头柜上的保温瓶里倒了杯水，然后吞下了安眠药。

她想，吃药让你神经紧张，但你总得睡觉。我真想知道，要是埃迪跟我结了婚会怎样。我想他会跟某个更年轻的女人出去鬼混。我想他们不可能抑制他们的情欲，就像我们不可能抑制我们的一样。我只想多多地做爱，我觉得做爱很美妙，充当第三者或别人的新欢并不意味着什么。重要的是做爱本身，只要你跟男人做爱你就会爱他们一辈子。我是说跟同一个男人。但男人并不是这么回事。男人总是喜新厌旧，总想要某个更年轻的，总想要某个不该要的，或是要某个长得跟某个别人相像的。如果你是黑发，他们会想要金发。如果你是金发，他们会想要红发。而如果你真有一头红发，那他们又会想要别的。我猜会是一个犹太姑娘，如果连犹太姑娘也玩腻了，他们也许会去找中国姑娘或搞同性恋的女人，或天知道是什么样的女人，反正我不知道。或者他们只是容易厌倦，我想。如果男人就是这样，你也不能怪他们，我也帮不了约翰的肝脏，他喝得太多，这对他不好，可我也毫无办法。他曾经很好。他曾经很棒。他曾经真是很好很棒。埃迪很好，但他现在醉得像头死猪。我想我最终会变成一个荡妇。说不定我现在就是荡妇。我想你绝不会知道自己是什么时候变成荡妇的。只有她最好的朋友才可能让她知道。你在温切尔①先生的文章里读不到这些。这该是他要报道的又新又好的题材。荡妇万花筒。约翰·霍利斯夫人从西海岸来到城里。纯洁得就像婴儿。我想非常普通。但有时候女人真的很难做。你越是对一个男人好，越是向他表露你对他的爱，他就会越快对你产生厌倦。我想呀，好男人天生就会有好多妻子，但女人想当许多人的老婆却会遭人嫌弃，所以当男人嫌弃一个女人时，另一个女人就会来把他勾走。我想我们最终都会变成荡妇，但这是谁的错呢？荡妇过得最开心，但要想当一个好荡妇，你必须得非常迟钝，就像埃莱娜·布拉德利

---

① 指美国著名记者及无线电广播主播人瓦尔特·温切尔（Walter Winchell，1897—1972），他在自己撰写的专栏文章和主持的广播节目里把新闻与闲聊（脱口秀）结合，广受读者和听众欢迎，在20世纪三十到五十年代的美国有很大影响。

那样。当好荡妇必须得迟钝、好心，再加上十足的自私。也许我已经是个荡妇了。他们说你自己对此并不知道，还说你总以为自己不是荡妇。肯定有对你和对跟你做爱都不会产生厌倦的男人。肯定有。但谁见过他们呢？我们认识的男人都是在错误的教育下长大的。我们现在还是别谈这些为好。对，别想这些。也别再去想所有的那些汽车，所有的那些舞会。我真希望安眠药能起作用。埃迪真该死，他不该喝得那么醉。这不公平，真不公平。没有人能抑制天生的情欲，不过喝得烂醉与此毫不相干。我想我的确是个荡妇，但要是我整夜躺在这儿睡不着，那我会发疯的，而要是我吃太多那该死的药片，那我明天一整天都会感到难受；有时候安眠药也不能让你入睡，不管怎样我都会烦躁，紧张，会感到害怕。哦，好吧，我会那样的。我讨厌那样，但你又能做什么呢？除了继续去做爱你又能做什么呢？即便，即便，即便如此，哦，他真可爱，不，他不可爱，我才可爱，是的，你才可爱，你真可爱，哦，你真是可爱，我不想可爱，但我可爱，现在我真的很可爱，他很可爱，不，他不可爱，他甚至不在这里，我在这里，我总是在这里，我是那个不能一走了之的人，对，决不一走了之。你这可爱的人。你真可爱。你的确可爱。你可爱，可爱，可爱。哦，你真可爱。而你就是我，就这么回事。就该是这么回事。一切的一切都是这么回事。一切都到此结束。好吧。我不在乎。这有什么不同呢？如果我不觉得难受，那也没什么错。我并不觉得难受。我这会儿只是觉得想睡觉，如果我醒着我就还想做爱，在我完全清醒之前。

　　然后她就睡着了，但在她完全入睡之前，她没忘记侧了侧身子，这样她的脸就不会压在枕头上了。不管睡意有多浓，她都记得把脸压在枕头上睡觉有多糟糕。

港湾里还有另外两艘游艇，但艇上的所有人也都在睡觉。就在这个时候，海岸警卫队那条快艇拖着弗雷迪·华莱士的"海螺王后号"驶进了游艇码头，在海岸警卫队的专用船位抛了锚。

第二十五章

哈里·摩根对码头上发生的事一无所知，当时人们从码头上递下一副担架，借着艇长室外一盏泛光灯的照射，灰色快艇甲板上的两名水手把担架接住，另外两名水手把哈里从艇长的铺位上抬起，跌跌撞撞抬出舱外放到担架上。自昨天傍晚起他就一直昏迷不醒，当那四名水手把担架举向码头时，他硕大的身躯把担架的帆布篷坠得沉甸甸的。

"使劲儿，举。"

"抓住他的腿。别让他往下滑。"

"来呀，使劲儿。"

人们终于把担架弄上了码头。

"他怎么样，大夫。"当担架被推进救护车时，治安官问。

"他还活着，"大夫说，"现在能知道的就这些。"

"我们找到他之后他就一直神志不清，要么就是昏迷不醒。"海岸警卫队快艇的副艇长说。这位副艇长又矮又胖，戴着眼镜，镜片在泛光灯下闪闪发光，他的胡子也需要刮刮了。"你们要找的古巴人都在后面那条船上。我们让所有东西都留在原来的位置。我们什么都没碰，只是把船缘上的两具尸体放了下来，以免掉进海中。那船上的一切都是发现时的样子。钱，枪，每一样东西。"

"你过来，"治安官对码头负责人说，"你能让灯光照到那后边那条船吗？"

"我这就让他们在码头上架盏灯。"码头负责人说完就去准备灯和电线了。

"跟我来。"治安官对海岸警卫队的人说。他们亮着手电来到船尾。"我要你准确地告诉我你们是怎么找到他们的。钱在哪里？"

"在那两个提包里。"

"里边有多少钱？"

"我不知道。我当时打开过一个提包，一看是钱就又关上了。我不想碰那些钱。"

"很好，"治安官说，"你做得完全正确。"

"一切都原封未动，只是把船缘上的两具尸体弄下来搬进了驾驶舱，以免掉下海去。我们还把壮得像头牛的哈里弄来躺到了我的铺上。我想他在我们找到他之前就失去了知觉。他那副模样真糟糕透了。"

"他一直都昏迷不醒吗？"

"开始他还只是神志不清，"艇长说，"但你听不懂他都说些什么。我们听他说了一大堆胡话，可一句也没听懂，然后他就昏过去了。情况就是这样。只是那个长得像印第安人的家伙现在躺的位置是哈里当时躺的地方，那家伙当时是趴在右舷油箱上方的长椅上，上半身都快扑出舱口拦板了，他身边那个也像印第安人的家伙当时在另一张长椅上，左舷那张，摊在那儿像堆烂肉。当心，别划火柴。这船上到处都是汽油。"

"船上应该还有一具尸体。"治安官说。

"人都在这儿。钱在提包里。枪都在原来的位置。"

"我们最好当着银行来的人打开装钱的提包。"治安官说。

"很好，"艇长说，"这是个好主意。"

"我们可以先把提包弄到我办公室封起来。"

"这主意不错。"艇长说。

由于甲板和驾驶舱顶面已布满露水，在泛光灯的照射下，那条船白绿二色的船身显得格外亮丽，白色油漆处的弹孔也很显眼。在船的后方，灯光下的海水清澈碧绿，水中木桩周围有一些小鱼在游动。

驾驶舱里那些死者浮肿的脸也被灯光耀亮，凝固的血已变成黄铜色。尸体周围散落着一些点45口径的弹壳，那支汤普森冲锋枪就放在哈里当时把它放下的船尾。古巴人用来装钱的那两个皮革手提包斜靠在一个油箱上。

"拖这条船的时候，我想也许应该把钱移到我们的快艇上，"艇长说，"但我后来又想，只要天气好，最好还是把钱留在原来的地方。"

"留在这儿是对的，"治安官说，"还有一个人的情况怎样？阿伯特·特雷西，那个捕鱼的？"

"这我可不知道。除了搬动那两具尸体，船上的一切都原封未动。"艇长说，"他们都被打成了蜂窝，只有舵轮下边那个除外，他只是后脑勺挨了一枪，子弹从前额穿出。你不妨自己过去看看。"

"他就是那个看起来还像小男孩的家伙。"治安官说。

"他现在看起来啥也不像。"艇长说。

"这个大块头就是拿冲锋枪的那个家伙，就是他打死了罗伯特·西蒙斯律师，"治安官说，"你认为这船上发生了什么事？他们怎么全都挨枪子儿了？"

"他们肯定是起了内讧，"艇长说，"肯定是因为分赃不均。"

"我们得把这些尸体盖上，等天亮后再处理，"治安官说，"我要带走那两个提包。"

正当他俩在驾驶舱查看的时候，一个女人朝海岸警卫队快艇停靠的码头冲来，她身后跟着一大群人。那是个面容憔悴的中年女人，没戴帽子，头发虽然仍系在脑后，但早已松散，乱蓬蓬垂在她脖子周围。她一看见驾驶舱里的尸体就开始歇斯底里地尖叫。她站在码头上仰天嚎啕，有两个女人一左一右搀扶着她的胳膊。跟在她身后的那群人开始团团围在她身边，互相推搡着伸长脖子看下面那条船。

"真见鬼，"治安官说，"谁让大门打开的？快找东西把这些尸体盖上。床单，毯子，什么都行。我们得把这群人赶走。"

那个女人止住嚎啕，低头朝船上看了一眼，然后又背过脸去放声大哭。

"他们在哪儿找到阿伯特的？"她身旁的一个女人问。

"他们把阿伯特放在哪儿了？"

放声大哭的女人止住哭声，又朝船上看了一眼。

"他不在船上，"她高声嚷道，"嗨！你，罗杰·约翰逊，"她大声质问治安官，"阿伯特在哪儿？阿伯特在哪儿？"

"他不在这船上，特雷西太太。"治安官回答。那女人又仰面朝天尖声哭喊，她细小的喉咙发出的声音听上去很僵硬，她双拳紧握，头发飞扬。

站在人群后面的人推推搡搡，都想挤到码头前面。

"让一让，让人家也看看。"

"他们要把尸体盖起来。"

有人用西班牙语嚷道："让我过去，让我看看。让我过去，让我看看。"

那女人还在嚎啕，"阿伯特！阿伯特！哦，天啦！阿伯特在哪儿？"

人群后面有两个刚赶到的古巴小伙子，他俩挤不过人群，便后退了几步，然后并肩往人群里猛冲。人群的前排被冲得朝前一突，特雷西太太和扶她的女人被撞得失去了平衡，那两个女人好不容易才站稳脚跟，但还在尖声嚎啕的特雷西太太却一头栽进了绿幽幽的水中，尖叫声顿时变成了溅水声和冒泡声。

两名海岸警卫队队员随即跳入海水中，去救在灯光照射下溅起水花的特雷西太太。治安官从船尾探出身去，把一根钩头竿伸到她身边。最后，下有两名海岸警卫队队员拼命托举，上有治安官伸出胳膊用力拖拽，特雷西太太终于站上了那条船的船尾。刚才岸上那群人谁也没想到要伸出援手，特雷西太太水淋淋地在甲板站定之后，便仰面瞪着岸上的人，朝他们挥舞着双拳大声骂道："混蛋！杂种！"但当她仔细查看驾驶舱后，又开始嚎啕大哭："阿伯特哟，阿伯特在哪儿？"

"他不在船上，特雷西太太，"治安官一边说一边拿起一张毯子想给她披上，"安静些，特雷西太太，勇敢点儿。"

"我的假牙，"特雷西太太突然悲哀地嚷道，"我的假牙掉水中了。"

"我们天亮就打捞，"海岸警卫队那位艇长说，"我们会把它打捞上来的。"

这时那两名下水救人的海岸警卫队队员已爬上船尾，水淋淋地站在甲板上。"来呀，咱们走吧，"两人中的一位说，"冷死了。"

"你没事吧，特雷西太太？"治安官问，同时把手中的毯子裹在了她身上。

"没事？我没事？"这下特雷西太太紧握双拳，仰面朝天，真正放声大哭起来。她正承受着她难以承受的悲伤。

听着她的哭声，人群安静下来，气氛一派肃穆。特雷西太太的哭声为人们眼前的场景提供了一种必要的音响效果，因为这时治安官和一名副警长正在用海岸警卫队的毯子遮盖那些尸体，遮盖这座小城自多年前用私刑处死那个岛民以来所看到的最壮观的场面，当年那个岛民是在县道那边被处死的，尸体被吊在一根电线杆上，所有赶来看热闹的汽车都把车灯射向那具尸体。

尸体被盖住使看热闹的人群大失所望，不过全城只有他们看到了那些尸体，只有他们目睹了特雷西太太落水的场面，而且在他们冲进码头之前，他们还看见哈里·摩根被担架抬出去送往海军陆战队医院。所以当治安官命令他们离开码头时，他们都走得安安静静，心满意足。他们知道自己已享受了多大的特权。

与此同时，在海军陆战队医院，哈里·摩根的妻子和三个女儿正坐在接待室的一张长凳上等候。三个女儿都在哭，玛丽则在咬着一张手绢，从中午之后她就再也哭不出声了。

"爸爸肚子上挨了一枪。"一个女儿对另一个说。

"太可怕了。"另一个说。

"安静，"年龄最大的那个说，"我在为爸爸祈祷。你们别妨碍我。"

玛丽什么也没说，只是坐在那儿咬那张手绢和自己的下唇。

不一会儿医生出来了。玛丽望着医生，医生朝她摇了摇头。

"我能进去吗？"她问。

"现在不行。"医生回答。她走到医生跟前问："他会死吗？"

"恐怕是的，摩根太太。"

"我能进去看看他吗？"

"现在还不行。他还在手术室里。"

"哦，天哪！哦，天哪！我把孩子们送回家再来。"

她喉头突然一阵哽咽，几乎抑制不住自己的感情。

"跟我来，姑娘们。"三个女孩儿应声跟着她出了医院，上了那辆旧汽车。她坐到驾驶座上，发动了引擎。

"爸爸怎么样了？"一个女儿问。

玛丽没有回答。

"爸爸怎么样了，妈妈？"

"别问，"玛丽说，"别问我。"

"可是……"

"别说话，亲爱的，"玛丽说，"闭上嘴为他祈祷吧。"三个女儿又开始哭了起来。

"该死，别哭！我叫你们为爸爸祈祷。"

"我们会的，"一个女儿说，"在医院时我们就一直在祈祷。"

当她们拐上洛基路那破旧失修的白珊瑚石灰石路面时，车灯照见前方有个人正偏偏倒倒地走在路旁。

"可怜的酒鬼，"玛丽暗想，"那是某个该死的可怜酒鬼。"

她们超过了那个男人，当车灯射向小城的街道之后，那个脸上有血的男人仍在黑暗中蹒跚而行。那是理查德·戈登在回家的路上。

玛丽在家门前停住了车。

"都睡觉去，姑娘们，"玛丽对女儿们说，"都上楼睡觉去。"

"可爸爸怎么样了？"一个女儿问。

"别问我，"玛丽说，"看在上帝分上，请别问我。"

说完她掉转车头，又朝医院开去。

医院门口，玛丽匆匆踏上台阶。医生这时推开沙门出来，正好在门廊上与她相遇。医生已经累了，正要回家。

"他走了，摩根太太。"医生对玛丽说。

"他死了？"

"死在手术台上。"

"我可以看看他吗？"

"可以，"医生说，"他走得很平静，摩根太太。他走得毫无痛苦。"

"哦，见鬼！"眼泪开始顺着她的脸颊直往下淌。"哦，天啦！哦，哦！"

医生轻轻扶住她的肩头。

"别碰我，"玛丽说，"我想看看他。"

"跟我来吧。"医生说。他领她穿过一条走廊，走进那个白色的房间，哈里·摩根躺在一个有轮子的手术台上，一张床单盖住了他硕大的身躯。室内灯光很亮，没有投下影子。玛丽呆站在门口，好像是被那灯光吓坏了。

"他一点儿也没遭罪，摩根太太。"医生说。但玛丽似乎并没听他说话。

"哦，天啦！"她又开始哭道，"看看他那张该死的脸吧。"

第二十六章

我真说不准，玛丽·摩根坐在餐桌旁沉思。我只能熬一天算一天，熬一晚算一晚，这也许有所不同。难熬的是那些该死的夜晚。要是我在乎那几个姑娘，情况兴许会不一样。但我并不在乎那些姑娘。不过我总得为她们做点什么。我总得开始做点什么。兴许你已经熬过了心如死灰的阶段。我想这也没什么不同。不管怎么说，我得开始做点什么。到今天他已经死去一星期了。我担心，要是我就这么一门心思地想他，到头来我会记不起他的模样。而当我记不起他那张脸的时候，我心里总会感到惊慌。不管我现在感觉如何，我都必须开始做点什么事情。要是他留下了一些钱，或要是有那么一笔奖金，情况就会好些，但我的感觉也不会好些，我现在要做的第一件事就是把这座房子卖掉。哦，朝他开枪的那些混蛋。那些肮脏的混蛋。我现在唯一的感觉就是仇恨和空虚。我就像这座空荡荡的房子一样空虚。我得开始做点什么了。我本来应该去参加葬礼。但我没能去。不过我现在得开始做点什么了。人死不能复生，再也回不来了。

他，就像他过去那样，傲慢，坚韧，敏捷，像某种高贵的动物。只要看着他行动我就会被感动。我过去是那么幸运，曾一直拥有他。他的运气最初是在古巴变糟的，然后就越来越糟，最后他终于死在古巴人的枪下。

古巴人是海峡岛民的灾星。古巴人是所有人的厄运。而且他们那里还有太多的黑鬼。我记得那次他带我去哈瓦那，当时他赚了很多钱，我们正在公园里散步，一个黑鬼对我说了句粗话，哈里当场就给了他一耳光，然后捡起他掉在地上的草帽，甩出了约莫半个街区，恰好一辆出租车从草帽上面碾过。当时真把我肚子都笑痛了。

就是那次我破天荒地把头发染成了金色，是在普拉多步行街的那家美容店染的。美发师为我忙乎了整整一个下午，因为我头发的颜色天生就很深，他们本来还不想替我染呢。我当时担心自己会显得难看，但我一直告诉他们看能不能把我头发的颜色弄得淡一点。染发药水盛在一个似乎冒着蒸汽的碗里，美发师把一端裹着棉花的橘木棍在那碗里浸泡一下，然后用梳子和在那碗里浸过的橘木棍把我的头发分成一缕一缕的，最后再把头发弄干。我坐在那里，心里很害怕自己的这番作为，我只是不住地说，看你能不能把我的头发颜色弄淡一点。

最后美发师说，夫人，我已经尽力而为了。然后他为我洗了头发，做了波浪。我甚至不敢往镜子里看，生怕看上去会非常糟糕。他让发波偏向一边，并在我耳朵后面高高地盘出了一些小小的发卷。头发还是湿漉漉的，我看不出好看还是不好看，只是觉得我完全变了样，我都快认不出自己了。接着他把一个发网罩在我头上，让我坐到烘干器下面，烘干头发时我一直都很担心。最后我离开烘干器，美发师取开发网，抽出发夹，我的头发完全变成了金色。

我离开座位站到镜子跟前，看见自己的头发在阳光下金光灿灿，我用手摸了摸，感觉头发像丝一般光滑柔软。我简直不敢相信那是我的头发，一时间竟激动得说不出话来。

　　我沿着普拉多街走到咖啡馆，哈里一直在那里等我。我当时很兴奋，觉得咖啡馆的一切都非常有趣，让人有几分晕乎乎的。他一看见我就站起身来，两眼直愣愣地盯着我，声音变得粗重而古怪，他说："天哪，玛丽，你可真漂亮。"

　　于是我说："你喜欢我有金发。"

　　"别说这个，"他说，"咱们回旅馆去。"

　　于是我说："那好吧，咱们走。"那年我二十六岁。

　　他一直都那样对我，我也一直那样对他。他说他从没见过像我这样的女人，而我知道这世上再也没有像他那样的男人。这一点我他妈的太清楚了，可现在他死了。

　　现在我必须开始做点什么。我知道我必须开始。但当你曾有过那样一个男人，而那个男人刚被某个该死的古巴人枪杀，你不可能马上就开始，因为你心中的一切都给毁了。我现在不知道该做什么。这不比他以往出远门。那时他总会回来，可现在我得一个人去过我剩下的日子。我现在已经老了，又丑又老，而再也没有他在身边说我不丑不老。我想，现在要跟男人做爱，恐怕得我自己掏钱，完事后就不会再想要他了。事情就是这样。事情真的就是这样。

　　他对我总是那么好，而且他很可靠，总是想方设法弄到钱，我从不为钱担心，只为他担心，可现在一切都完了。

　　这并不是某个人碰巧被杀了的事。要是被杀的是我，我不会在乎。说到哈里生命的最后时光，医生说他只是累了。他进医院后甚至从没苏醒过。我很高兴他死得很平静，因为，天哪，他在那条船上时肯定遭了不少罪。我真想知道他当时想没想我，真想知道他当时想些什么。我想，在那种情况下你不会去想任何人。我想他当时肯定疼得很厉害。但最后他只是太累了。我真希望死的是我。但这样希望毫无用处。希望什么都于事无补。

我没能去参加葬礼。但人们对此并不理解。他们并不知道你怎样感受。因为好男人太少了。而他们恰好没有遇见过。没有人知道你的感受，因为他们不知道这是怎样一种感受。我知道。我知道得很清楚。如果我会再活二十年，我将做什么呢？没有人会告诉我答案。现在除了每天默默地忍受现实，除了马上开始去做点什么事，我别无出路。这就是我必须做的。可是，天哪，我想知道的是晚上该做些什么。

要是你睡不着觉，那你会怎样熬过一个个长夜呢？我猜你会像现在这样去体验失去丈夫的滋味。我猜你肯定会的。我猜你会去体验这该死生活中的每一种滋味。我猜你肯定会的。我猜我此时可能就正在体验。你只消万念俱灰，那一切就容易了。你只消像大多数人大多数时候那样心如死灰。我猜事情就是这么回事。我猜这就是你现在的遭遇。好吧，我已经有了个好的开始。如果这就是你必须做的，我已经有了个好的开始。我猜这就是你必须做的。我猜就是这么回事。我想这就是事情的结果。好吧。那么我有了个好的开始。我现在已遥遥领先于每一个人。

窗外是亚热带地区一个明媚而凉爽的冬日，棕榈树枝在柔和的北风中摇曳。一些来南方过冬的人骑着自行车从屋外经过。他们都满脸笑容。从街对面那幢大房子宽敞的庭院中，传来一只孔雀的咕咕叫声。

透过窗户，你能看见冬日暖阳下的大海，看上去那么坚韧、新鲜、碧蓝。

一条白色的大游艇正驶入港口，水平线上，七英里外，你能看见一艘油轮小小的轮廓衬映在碧蓝的大海之上。油轮靠着那片暗礁向西行驶，以避免浪费燃料逆洋流而行。

（完）

汉译文学名著

第一辑书目（30种）

第二辑书目（30 种）

枕草子	〔日〕清少纳言著	周作人译
尼伯龙人之歌	佚名著	安书祉译
萨迦选集		石琴娥等译
亚瑟王之死	〔英〕托马斯·马洛礼著	黄素封译
呆厮国志	〔英〕亚历山大·蒲柏著	李家真译注
波斯人信札	〔法〕孟德斯鸠著	梁守锵译
东方来信——蒙太古夫人书信集	〔英〕蒙太古夫人著	冯环译
忏悔录	〔法〕卢梭著	李平沤译
阴谋与爱情	〔德〕席勒著	杨武能译
雪莱抒情诗选	〔英〕雪莱著	杨熙龄译
幻灭	〔法〕巴尔扎克著	傅雷译
雨果诗选	〔法〕雨果著	程曾厚译
爱伦·坡短篇小说全集	〔美〕爱伦·坡著	曹明伦译
名利场	〔英〕萨克雷著	杨必译
游美札记	〔英〕查尔斯·狄更斯著	张谷若译
巴黎的忧郁	〔法〕夏尔·波德莱尔著	郭宏安译
卡拉马佐夫兄弟	〔俄〕陀思妥耶夫斯基著	徐振亚·冯增义译
安娜·卡列尼娜	〔俄〕列夫·托尔斯泰著	力冈译
还乡	〔英〕托马斯·哈代著	张谷若译
无名的裘德	〔英〕托马斯·哈代著	张谷若译
快乐王子——王尔德童话全集	〔英〕奥斯卡·王尔德著	李家真译
理想丈夫	〔英〕奥斯卡·王尔德著	许渊冲译
莎乐美 文德美夫人的扇子	〔英〕奥斯卡·王尔德著	许渊冲译
原来如此的故事	〔英〕吉卜林著	曹明伦译
缎子鞋	〔法〕保尔·克洛岱尔著	余中先译
昨日世界：一个欧洲人的回忆	〔奥〕斯蒂芬·茨威格著	史行果译
先知 沙与沫	〔黎巴嫩〕纪伯伦著	李唯中译
诉讼	〔奥〕弗兰茨·卡夫卡著	章国锋译
老人与海	〔美〕欧内斯特·海明威著	吴钧燮译
烦恼的冬天	〔美〕约翰·斯坦贝克著	吴钧燮译

第三辑书目（40种）

埃达	〔冰岛〕佚名著　石琴娥、斯文译
徒然草	〔日〕吉田兼好著　王以铸译
乌托邦	〔英〕托马斯·莫尔著　戴镏龄译
罗密欧与朱丽叶	〔英〕莎士比亚著　朱生豪译
李尔王	〔英〕莎士比亚著　朱生豪译
大洋国	〔英〕哈林顿著　何新译
论批评　云鬓劫	〔英〕亚历山大·蒲柏著　李家真译注
论人	〔英〕亚历山大·蒲柏著　李家真译注
亲和力	〔德〕歌德著　高中甫译
大尉的女儿	〔俄〕普希金著　刘文飞译
悲惨世界	〔法〕雨果著　潘丽珍译
安徒生童话与故事全集	〔丹麦〕安徒生著　石琴娥译
死魂灵	〔俄〕果戈理著　郑海凌译
瓦尔登湖	〔美〕亨利·大卫·梭罗著　李家真译注
罪与罚	〔俄〕陀思妥耶夫斯基著　力冈、袁亚楠译
生活之路	〔俄〕列夫·托尔斯泰著　王志耕译
小妇人	〔美〕路易莎·梅·奥尔科特著　贾辉丰译
生命之用	〔英〕约翰·卢伯克著　曹明伦译
哈代中短篇小说选	〔英〕托马斯·哈代著　张玲、张扬译
卡斯特桥市长	〔英〕托马斯·哈代著　张玲、张扬译
一生	〔法〕莫泊桑著　盛澄华译
莫泊桑短篇小说选	〔法〕莫泊桑著　柳鸣九译
多利安·格雷的画像	〔英〕奥斯卡·王尔德著　李家真译注
苹果车——政治狂想曲	〔英〕萧伯纳著　老舍译
伊坦·弗洛美	〔美〕伊迪斯·华尔顿著　吕叔湘译
施尼茨勒中短篇小说选	〔奥〕阿图尔·施尼茨勒著　高中甫译
约翰·克利斯朵夫	〔法〕罗曼·罗兰著　傅雷译
童年	〔苏联〕高尔基著　郭家申译
在人间	〔苏联〕高尔基著　郭家申译
我的大学	〔苏联〕高尔基著　郭家申译

第四辑书目（30种）

图书在版编目（CIP）数据

获而一无所获 /（美）欧内斯特·海明威著；曹明伦译 . —北京：商务印书馆，2023
（汉译世界文学名著丛书）
ISBN 978-7-100-22993-7

Ⅰ.①获… Ⅱ.①欧…②曹… Ⅲ.①长篇小说—美国—现代 Ⅳ.① I712.45

中国国家版本馆 CIP 数据核字（2023）第 194113 号

汉译世界文学名著丛书
获而一无所获
〔美〕欧内斯特·海明威 著
曹明伦 译

商 务 印 书 馆 出 版
（北京王府井大街36号 邮政编码100710）
商 务 印 书 馆 发 行
北京中科印刷有限公司印刷
ISBN 978 - 7 - 100 - 22993 - 7

2023 年 12 月第 1 版　　　　开本 850×1168　1/32
2023 年 12 月北京第 1 次印刷　　印张 8 插页 1
定价：38.00 元